D0346843

JOUISSIVES

Données de catalogage avant publication (Canada)

Rey, Marie-Claire

Jouissives: nouvelles érotiques
(Collection Littérature)
ISBN 2-7640-0606-3

I. Titre. II. Collection: Collection Littérature (Outremont, Québec).

PS8585.E87J68 2002 C843'.6 C2002-940458-4
PS9585.E87J68 2002
PQ3919.2.R49J68 2002

LES ÉDITIONS QUEBECOR
7, chemin Bates
Outremont (Québec)
H2V 1A6
Tél.: (514) 270-1746

Éditeur: Jacques Simard
Coordonnatrice de la production: Dianne Rioux
Conception de la couverture: Bernard Langlois
Illustrations de la couverture: PhotoDisc
Infographie: Claude Bergeron

Nous reconnaissons l'aide financière du gouvernement du Canada par l'entremise du Programme d'Aide au Développement de l'Industrie de l'Édition pour nos activités d'édition.

Gouvernement du Québec – Programme de crédit d'impôt pour l'édition de livres – Gestion SODEC.

Imprimé au Canada

Marie-Claire Rey

JOUISSIVES

Nouvelles érotiques

Une nuit d'enfer

Elles sont trois. Geneviève, divorcée d'un époux épouvantablement cocufié, France, seconde épouse de Pierre, coureur de jupons notoire; et elle, Sylvie, veuve à vingt-neuf ans d'un mari qui lui a laissé une prime d'assurance suffisante pour qu'elle puisse vivre confortablement. Ses deux amies, qui sont âgées de trente-cinq et de trente-neuf ans, ont fait son «éducation»: elles lui ont fait connaître toutes les ressources et les possibilités de son corps... Maintenant, elle est prête à tout!

Ce soir, Sylvie a invité ses amies à l'accompagner à un bar-restaurant dansant.

Joli trio de passionnées des hommes, mais ne dédaignant pas pour autant les plaisirs avec des femmes aux cuisses accueillantes et au cul ardent. Elles sont prêtes à l'heure fixée. Robes à mi-mollets, mais fendues des deux côtés, alliant à la fois le chic bourgeois, la griffe provocante, l'attentat à la pudeur et l'outrage aux bonnes mœurs. Grâce à sa garde-robe et aux conseils éclairés de ses amies, Sylvie a réussi à créer ce quadruple assemblage.

— En avant! clame la plus impatiente.

Les trois femmes descendent dans la rue. Pas un taxi à l'horizon. Geneviève se tourne vers Sylvie pour lui lancer un reproche amical.

— Tu aurais pu en appeler un par téléphone...

Elles ont l'air de trois femmes en mal d'amour, mais faut-il s'en étonner?

Enfin, un taxi apparaît au détour de la rue. Elles le hèlent. France et Sylvie occupent l'arrière, tandis que Geneviève s'installe à l'avant. Empêtrée dans son manteau qui s'ouvre, elle offre au chauffeur une vue imprenable sur ses jambes gainées de soie. Il a peine à en détacher son regard. Geneviève rectifie sa tenue, sinon c'est l'accrochage à coup sûr!

À l'adresse indiquée, Sylvie offre un bon pourboire au chauffeur. Geneviève frôle ses lèvres sur les siennes, tout juste avant de descendre de la voiture, le laissant pantois. Elles entrent dans le bar-restaurant et se dirigent tout droit vers le vestiaire — beaucoup de monde chic dans ce bar! Si leur entrée ne provoque qu'une curiosité amusée, en retour, leur trio est le point de convergence de tous les regards mâles, et une lueur assassine flotte dans les yeux des femmes. Du point de vue discrétion, c'est affreusement raté!

Les trois amies gagnent leur table en bord de piste. Avant de s'asseoir, France parcourt la salle d'un regard scrutateur. Un garçon se précipite, cartes en main, pour prendre leur commande. Encore jeunes, en bonne santé, saines de corps et d'esprit, les jeux de l'amour ne leur coupent pas l'appétit, et seul le champagne brut est jugé digne d'apaiser leur soif. Elles sont servies en un temps record — à croire que le serveur espère un pourboire en nature au moment de l'addition!

Les culs secs, ça rend maladroit à la longue, et la preuve en est que France rate le seau à glace en voulant y remettre la bouteille, renversant le tout à leurs pieds. Vraiment, elles ne passent pas inaperçues!

Un serveur se précipite pour limiter les dégâts et éponger le sol, un peu comme s'il se prosternait aux pieds des trois femmes. Mais cette position obséquieuse offre ses avantages: s'il ne voit rien du haut de leurs personnes, il a, en revanche, une vision détaillée et profonde de leur intimité car, par réflexe, elles ont remonté leurs robes fendues et relevé les jambes, pour éviter de mouiller leurs menus escarpins.

Le serveur semble prendre plus de temps qu'il n'en faut pour remettre de l'ordre...

Le repas se déroule sans autre anicroche. Les filles attaquent le dessert quand l'orchestre prélude un slow. À la troisième mesure, elles sont submergées d'invitations.

Si le champagne ne monte pas à la tête, il obéit à la pesanteur et gagne les jambes, aussi galbées soient-elles. Sylvie tient ferme son cavalier en lui avouant, après deux ou trois ratés, qu'elle danse fort mal. L'homme semble ne pas s'en être aperçu — ou ne pas vouloir s'en apercevoir —, trop occupé par ailleurs. Sa main a glissé sous ce qui reste de tissu pour s'assurer de la souplesse de sa fesse droite et de sa fermeté. Il n'aura aucune déception de ce côté. Puis, il plonge son regard dans son décolleté; là non plus, aucune déception. Les deux danseurs échangent un coup d'œil qui en dit long.

— Qui ne saurait, chère Madame, être ému en tenant dans ses bras une aussi jolie femme! dit-il.

Sylvie se plaque contre lui. Son émotion est palpable et quand elle lui manifeste le désir de se refaire une beauté, il l'accompagne...

Voilà qu'ils se retrouvent tous deux dans une cabine de toilette luxueuse et confortable. Sylvie se jette contre lui, mêlant sa langue à la sienne. Elle retire le peu de vêtements qu'il lui reste pendant qu'il se dénude. L'homme ne peut s'empêcher de pousser un sifflement, certes admiratif, mais aussi un peu grivois, quand elle se dresse face à lui. Il arbore une virilité... triomphante!

Sans plus de préambule, Sylvie lui présente sa croupe. Il pousse sa verge au plus profond de son vagin lubrifié. Elle ne cesse de gémir et d'onduler. Le jaillissement de son sperme la fait crier et longuement jouir. La houle de son ventre n'est pas calmée qu'elle sent une poussée contre son anus.

— Encule-moi, vite, oui, encule-moi... supplie-t-elle.

Son membre, qui n'a pas faibli, s'introduit sans peine dans ses reins.

— Quel plaisir d'enculer une si jolie femme! lui murmure-t-il à l'oreille.

En pleine extase, elle savoure la dilatation de son anus et la délicieuse pénétration qui s'ensuit.

— Que c'est bon de se faire enculer, gémit-elle. Va bien loin... Oui... Ah! je vais jouir... Ça y est! Je viens!

Son excitation est telle qu'il ne peut la suivre, il la défonce de plus en plus brutalement. Son sperme jaillit pour la deuxième fois et un orgasme magnifique anéantit sa partenaire.

Sylvie est essoufflée et en sueur. Son cœur bat la chamade, son corps frissonne. Elle réussit cependant à se ressaisir, tandis qu'il fait sa toilette et se rhabille. Il lui baise les lèvres.

— Tu as été magnifique, ma chère, merci, la complimente-t-il en sortant.

Une mousse blanche suinte de ses orifices si délicieusement violentés. Une bonne toilette efface tant bien que mal les traces de ces minutes mouvementées.

À sa table, elle retrouve ses copines, qui se désaltèrent durant l'entracte.

— Où étais-tu? la questionne Geneviève. On te croyait partie...

— L'occasion, la musique douce. Il était si bel homme...

— Que tu t'es laissée baiser, enchaîne Geneviève.

— Merveilleusement bien!

— Tu es une belle garce, lui lance France, l'œil coquin. Tu ne penses qu'à ça!

— On va prendre l'air, suggère Geneviève.

Le garçon leur présente l'addition: si la baise est gratuite, la table, elle, est ruineuse! La sortie s'avère périlleuse. Le maître d'hôtel, qui n'a pas oublié l'incident du seau à glace et qui les voit légèrement titubantes, les fait escorter par deux serveurs qui ne les abandonnent qu'une fois sur le trottoir. France dévoile alors ses intentions.

— À nous la grande baise! crie-t-elle.

À cet instant précis, trois types sortent en trombe du restaurant et les entourent en les interpellant. Sylvie arrive à comprendre qu'ils les ont en haute estime et qu'ils leur offrent le *Montreal by Night*. France et Geneviève, mises au fait de leurs intentions, acceptent d'enthousiasme.

Solidement ceinturées par les trois gaillards, elles partent à pied. Pour aller où? Impossible de le savoir. Ils sont Américains, parlent avec l'accent du Sud. Elles laissent faire et suivent. Quelques pas plus loin, ils s'arrêtent à hauteur d'une fourgonnette d'un rouge rutilant.

— C'est avec ça qu'on va visiter Montréal? bredouille France.

— Tu as vraiment trop abusé du champagne, ma pauvre! lui lance Geneviève. À la façon dont j'ai été tripotée durant ce court trajet, je peux t'affirmer qu'ils se foutent éperdument de la place Jacques-Cartier ou du mont Royal. Ce qu'ils veulent, c'est nos fesses! Et c'est trop tard pour dire non...

La porte de la fourgonnette s'est ouverte; le cavalier de Geneviève la prend par la taille et, sans effort apparent, la soulève à hauteur du plancher. France pose le pied sur la marche du bas, son compagnon passe les bras sous sa robe, assure sa prise et hop! Résignée, Sylvie s'abandonne au même traitement.

— «Pourquoi remettre à plus tard ce que l'on peut faire immédiatement» doit être leur devise, lance-t-elle à ses copines.

La fourgonnette est confortablement aménagée. Sylvie a tout juste le temps de voir ses copines sur les banquettes latérales, à demi nues sous les yeux de leurs types qui jettent aux quatre coins, vestons, chaussures et le reste. Son partenaire est, lui aussi, dans le mouvement. Quand il s'estime assez à l'aise, il passe à l'action. Ses intentions sont claires. Elle a à peine le temps de poser son sac qu'elle est harponnée à bras-le-corps, sa robe troussée et, comme les banquettes sont occupées, déposée sur le plancher. Elle fait glisser sa culotte.

«Toute révolte s'avérant inutile, autant lui faciliter le travail», se dit-elle. À deux mains, elle lui ouvre l'accès de son sanctuaire. Pour ce qui est de la tendresse et des sentiments, elle devra repasser: l'essentiel, rien que l'essentiel. Elle ferme les yeux.

Pendant tout ce temps, elle écoute le chant des sirènes. La cabine est remplie de bruits confus, de soupirs, de grognements, de grincements, traversés par moments de notes plus aiguës. Enfin, Sylvie se relève. Au tableau de bord, il est trois heures du matin.

Elles sont toutes trois repues et comblées; des velléités de départ se manifestent. Les trois femmes exigent d'être reconduites chez Sylvie, cette dernière jugeant plus sage que France et Geneviève couchent chez elle, vu leur état.

Sitôt arrivées à l'appartement, les trois naïades nues plongent ensemble dans le bain, barbotent dans la mousse, éclaboussent les murs et inondent le carrelage, avant de se retrouver dans la même tenue autour d'un solide casse-croûte.

Le spectacle est adorable. Quelle nuit d'enfer!

Jeux de rôle

Le strip poker hard *consiste à pouvoir exiger du perdant, lorsqu'il se retrouve nu, tous les attouchements désirés. Amusée par l'idée, elle décide de jouer le jeu avec son mari...*

Ce ne sont pas des maniaques des cartes. Ils jouent somme toute assez mal. Très vite, Diane se retrouve nue, non sans un certain plaisir, car elle sait qu'elle va connaître l'abandon total de sa volonté, et cela la trouble.

Pour commencer, il exige d'elle qu'elle sorte son sexe de son slip, car il a aussi perdu quelques vêtements à ce jeu. À quatre pattes sous la table, elle doit ensuite lui tailler une pipe. Elle s'exécute, excitée par cette complète soumission. Elle se saisit donc de son sexe pour le sucer comme elle le fait habituellement, l'avalant goulûment, prenant plaisir à aspirer cette colonne de chair palpitante, tout en lui imprimant un lent mouvement de va-et-vient. Une différence cette fois: il exige qu'elle laisse son sperme jaillir dans sa bouche. D'habitude, Diane est répugnée, mais il lui faut respecter la règle du jeu jusqu'au bout. Elle reçoit donc sur la langue sa giclée de sperme. Aussitôt après, son mari lui fait l'amour en levrette, courbée sur la table, et elle connaît un orgasme inouï. «Se laisser dominer, quel plaisir surprenant!» se dit-elle.

Pendant plusieurs mois, Diane et son compagnon refont ce jeu. Un jour, ce dernier lui dit qu'il a raconté leurs petites soirées à l'un de ses amis, Daniel. Il pensait qu'il serait encore plus excitant qu'ils jouent à quatre! Diane refuse catégoriquement, puis elle finit par céder, non pas par obligation, mais parce que l'idée de se soumettre à eux l'excite plus que sa pruderie le lui interdit.

Le samedi suivant, Daniel et Michèle sont chez eux. Après avoir concocté quelques cocktails alcoolisés et discuté un moment, ils s'installent à la table, constatant rapidement, et avec un certain plaisir, que leurs amis ne savent pas, eux non plus, vraiment bien jouer au poker.

Il ne faut guère plus de quelques mains pour que Michèle se retrouve nue. Elle est un peu rouge et intimidée, mais ses yeux brillent sous l'effet de l'alcool qu'elle a consommé. Diane ressent une certaine moiteur entre ses cuisses en découvrant pour la première fois la poitrine de Michèle — elle a de gros seins, étonnamment fermes. En tant que gagnante, Diane exige d'abord d'elle qu'elle repousse sa chaise pour pouvoir contempler à loisir sa toison blonde, puis elle lui ordonne d'écarter les cuisses. La pose est provocante, indécente, d'autant que son sexe est déjà luisant de mouille. «Visiblement, se dit Diane, elle aussi apprécie la situation.»

Il revient ensuite à Daniel et à Diane de dicter leurs désirs aux deux perdants; Daniel exige de son épouse qu'elle prenne le sexe de leur hôte dans sa bouche.

— Tu vas le sucer jusqu'au bout et tu vas tout avaler, ma chérie, lui ordonne-t-il doucement.

Docile, Michèle s'agenouille, saisit sa queue avec ses deux mains, la guide jusqu'à sa bouche, pour enfin l'aspirer entre ses lèvres carminées. Elle ne sait peut-être pas jouer au *strip poker*, mais elle est incontestablement une experte dans l'art de faire jouir les hommes de cette façon. Elle va et vient sur la queue bandée du mari de Diane, alors que celle-ci, les yeux brillants, la poitrine se soulevant de plus en plus rapidement, scrute attentivement ses réactions chaque fois que son sexe disparaît dans la bouche avide de sa fellatrice. Diane a carrément l'impression qu'il va suffoquer tellement il respire vite en hoquetant un peu. Elle ne l'a jamais vu dans cet état. Elle est excitée au plus haut point par ce spectacle.

Diane glisse subrepticement sa main sous sa jupe afin de pouvoir calmer la chaleur torride de son bas-ventre. Sous sa culotte, ses doigts rencontrent son bouton; elle se met à le masser lentement comme elle sait si bien le faire. Toute à son observation et l'esprit embué par le plaisir, elle ne remarque pas qu'à ce moment-là Daniel, en face d'elle, ne reste pas inactif. Le sexe sorti, il se masturbe en regardant sa femme faire une fellation à son ami. Ils se regardent l'un l'autre, se sourient. Leur situation semble absurde: ils ont gagné et ils se retrouvent réduits à un rôle de voyeur!

Sans réfléchir, comme si c'était là quelque chose de tout à fait naturel, Diane se lève. Elle retire sa jupe, puis son slip, puis elle va vers Daniel. Lentement, elle s'assoit sur ses genoux, laissant sa queue la pénétrer. Il lui fait l'amour d'une façon extrêmement lente et profonde. En même temps, ils regardent fixement Michèle, qui continue sa magistrale fellation tout en se masturbant d'un doigt fiévreux.

À partir de là, tout est permis. La soirée se termine dans une extraordinaire partouze. Diane est étonnée par Michèle. Cette femme était vraiment prête à tout. Elle subit tous les assauts avec un plaisir qu'elle ne cherche pas à dissimuler; Diane est sidérée de la voir prise simultanément des deux côtés, par Daniel et par son mari. Elle l'entend hurler des mots obscènes, son corps n'est plus que celui d'une poupée de plaisir et la jouissance rayonne superbement sur son jeune visage.

Après cette première soirée, les deux couples se retrouvent assez souvent pour de folles bacchanales, mais ils commencent à manquer d'imagination. Un soir, Daniel arrive avec un gadget acheté à New York, un jeu de cartes où, sur chacune d'elles, trois ou quatre personnes s'envoient en l'air dans différentes positions plus incroyables les unes que les autres.

Un soir que Diane perd, elle pige une carte dans le paquet qui va à jamais changer sa sexualité: on y voit une femme en train de se faire sodomiser, tout en léchant la chatte d'une autre femme. Cette dernière a le sexe d'un autre homme dans la bouche. Elle est plutôt effrayée par la perspective de réaliser tout cela, mais elle sait aussi qu'elle ne peut pas refuser, de peur de rompre le charme et l'excitation de ces soirées.

Après une longue préparation de son anus, Daniel commence à s'y frotter le gland, à forcer peu à peu son cul. Pour essayer d'oublier la douleur, Diane enfouit sa tête entre les cuisses de Michèle, suçant une femme pour la première fois de sa vie. Michèle l'encourage, allant même jusqu'à guider sa tête et lui imposer le rythme de son plaisir. Diane oublie les douleurs anales et elle connaît le plaisir tout neuf de la sodomie.

Grâce aux cartes et à l'exemple de Michèle, Diane est devenue, elle aussi, une femme prête à tout.

Plaisirs d'été, plaisirs d'amour

Comme presque tous les étés, elle se rend au chalet familial situé au nord de Montréal, dans les Laurentides; mais cette fois-ci, elle y va seule, sans ses parents. Elle connaît un petit coin isolé au bord d'un immense trou d'eau creusé par une cascade et fréquenté par quelques nudistes discrets. Elle s'y rend en vélo par une belle matinée pour se prélasser nue au bord de l'eau...

Caroline porte une minijupe portefeuille orange qui s'ouvre et découvre son entrejambe lorsqu'elle pédale. C'est agréable: le vent s'engouffre entre ses cuisses et vient rafraîchir son sexe nu sous sa jupe. Elle en profite. Quand le chat n'est pas là, les souris dansent! Elle a son lecteur mp3 sur les oreilles et chante en pédalant. Soudain, elle s'aperçoit qu'une voiture décapotable roule au pas sur sa gauche. Elle stoppe, coupe le son de son baladeur, retire ses écouteurs et dévisage le conducteur. Pas mal du tout, mais au moins dix ans de plus qu'elle, la trentaine bien sonnée, quoi! Il est brun, a des yeux verts à vous immobiliser sur place, des biceps bien gonflés... Enfin, bref, le baiseur parfait qui tombe du ciel. Caroline le dévisage.

— Vous voulez ma photo? lui lance-t-elle finalement.

Il sourit, lui dévoilant une superbe dentition.

— Là où vous allez, je vais aussi, répond-il en souriant. Vous êtes tellement charmante et appétissante! Moi, c'est Louis, et vous?

— Caroline.

La jeune femme se remet à pédaler tranquillement, pendant qu'il roule toujours au pas à ses côtés. Il regarde la petite route d'un air distrait, trop occupé à examiner ses seins pointus et nus sous son petit t-shirt de coton jaune et son entrejambe dénudé par sa jupe portefeuille. La jeune fille hésite: est-ce qu'elle l'amène dans son endroit et, dans ce cas, il est entendu qu'elle ne peut se refuser à lui, ou est-ce qu'elle continue à rouler sans but tout en discutant avec lui? Elle opte pour la première solution, car l'envie de se baigner nue et de se faire sauter au bord de l'eau lui dévore petit à petit le ventre.

Ils y sont presque. Caroline s'engage dans le sentier. Il la suit dans sa voiture. L'endroit est désert. Elle étend une serviette et regarde l'homme. Elle est un peu intimidée car il enlève son t-shirt, puis son short sous lequel il porte un maillot de bain noir qui moule son sexe. Nonchalamment, elle retire aussi son t-shirt et le laisse choir sur l'herbe; ses seins pointent tout droit vers l'homme, ce qui ne semble pas le laisser indifférent puisque son sexe durcit visiblement sous son maillot. Le jeu commence à l'amuser, aussi défait-elle l'unique bouton de sa jupe, qui tombe à terre à son tour. Elle s'allonge sur le ventre sur sa serviette; il se baisse à son niveau, l'embrasse au bord des lèvres, puis lui montre son sexe toujours compressé dans le maillot.

— Je vais le calmer un peu dans l'eau, dit-il, car je n'ai pas envie d'aller trop vite avec toi, j'ai plutôt envie de te déguster!

Sur ses paroles, Caroline s'assoupit, à moitié assommée par les rayons cuisants du soleil.

Soudain, une agréable fraîcheur lui envahit le dos, les fesses. C'est Louis qui est sorti de l'eau et qui s'est emboîté sur son dos. Il se masse le sexe en le frottant sur ses fesses, puis dans sa raie. Elle le sent durcir. Sa bouche butine son cou, ses épaules. En s'aidant de ses avant-bras, il se soulève pour la laisser se retourner. À peine est-elle allongée sur le dos qu'il pose ses lèvres sur les siennes et leurs langues s'emmêlent aussitôt. Pendant ce temps, les mains de la jeune fille pétrissent sa queue et ses grosses boules fermes. Puis la bouche de l'homme descend sur ses seins. Sa langue lui lèche le téton droit. Puis, il le suçote, le mordille et passe au téton gauche. Sa langue est agile, fraîche, elle lui fait un bien énorme. Ses mains se faufilent alors sous son ventre et s'enhardissent sur son petit buisson tout humide de désir. Deux de ses doigts se fraient un passage dans ses poils pour se saisir de son clitoris tuméfié. Ils le pincent, l'étreignent, et soudain, ils s'enfoncent tous les deux dans sa chatte béante et juteuse. Ils ressortent et vont se nicher dans sa raie, puis s'attardent sur son petit cul palpitant. Elle gémit de plus en plus fort.

— Vas-y, jouis, petite salope; coule sur mes doigts... Jouis, je vais te boire jusqu'à la dernière goutte!

Ce disant, sa tête glisse jusqu'à son entrejambe, ses mains écartent ses cuisses au maximum et sa langue plonge dans son sexe brûlant. Elle jouit en se caressant doucement les seins. L'esprit et les lèvres de l'homme s'enivrent de son jus abondant.

L'homme quitte son entrecuisse et va lui faire partager son nectar en l'embrassant à pleine bouche. Soudain, sa queue se glisse contre son sexe, le gland enfouit sa grosse tête dans ses poils, puis dans sa grotte intime, et par un coup de reins puissant, il entre la totalité de son membre dans son sexe. La jeune fille crie. De désir. De plaisir.

Il se blottit quelques secondes tout au fond de son ventre, puis il la tire par les épaules. Elle se retrouve assise, toujours empalée sur son membre viril. Par un effort athlétique, il se lève. Elle reste accrochée à lui pendant qu'il marche doucement en direction de l'eau; il s'arrête une seconde pour lui flanquer un coup de reins puissant, puis se remet à marcher.

Arrivé dans l'eau, il se déchaîne. Ses coups de reins deviennent de plus en plus profonds. Ses mains soulèvent sa partenaire par les hanches pour lui imposer le rythme. Elle est complètement partie, et elle jouit en hurlant.

— Ouiii! C'est bon, vas-y, jouis dans mon ventre, ouiii...

Elle sent ses fesses qui se crispent, puis elle entend l'homme hurler sa jouissance tout en la soulevant pour faire sortir sa bite qui gicle dans l'eau.

Après quelques heures de caresses, de léchage, de sodomie aussi, Louis repart chez lui. Il l'a invitée à son chalet où il donne une fête ce soir.

Ira-t-elle?

La dame et le jeune homme

Dans sa tête, tout se mélange. Elle ne sait plus que répondre. C'est bien la première fois qu'on lui propose une telle chose. Elle n'a pas fait l'amour depuis trois ans. En plus, elle n'a jamais connu d'autre homme que son mari...

Âgée de quarante-sept ans, veuve depuis trois ans, Huguette vit seule dans une grande maison à l'écart du village. La grande tranquillité! Un soir pourtant, elle entend du bruit dehors. Le chien aboie très fort. Elle regarde par la fenêtre et aperçoit un homme qui s'apprête à sonner. Elle ouvre la fenêtre par prudence...

Le jeune homme affirme qu'il a eu un accident à deux kilomètres de là et lui demande s'il y a un garage dans le coin, la ville la plus proche étant à une douzaine de kilomètres. Huguette lui répond qu'effectivement, il y en a un, mais il ferme tôt et n'ouvrira que le lendemain. Le bel inconnu est bien embêté. Il est convenablement habillé et porte un attaché-case. Comme il lui inspire confiance, Huguette lui propose de rentrer un instant pour voir ce qu'il est possible de faire. L'homme est jeune, la trentaine tout au plus. Il s'appelle Jocelyn.

Huguette lui offre un café. L'homme accepte, tout en lui demandant s'il y a un hôtel au village.

— Oh non! dit-elle, c'est un petit village. Mais si cela peut vous dépanner, j'ai de grandes chambres en haut. Demain matin, vous pourrez téléphoner au garage.

Jocelyn accepte. Elle apprend qu'il est célibataire et représentant en parfumerie. Pour la remercier de son hospitalité, il lui fait cadeau de plusieurs échantillons. Puis il dit, en lui tendant un flacon:

— Celui-là est formidable, aucun homme ne vous résistera...

Elle rit et lui répond que cela n'est plus de son âge.

— C'est faux, Madame, réplique-t-il, car vous êtes encore très belle et je ne vous cache pas que je vous trouve très excitante.

Sur le coup, elle est charmée, mais elle rougit aussi un peu.

— J'ai déjà eu une maîtresse de votre âge, ajoute-t-il, mais elle n'était pas aussi séduisante que vous...

— Taisez-vous, jeune homme, répond-elle. Ce n'est pas gentil de vous moquer de moi...

— Je ne me moque pas.

L'homme se lève et lui fait voir à travers l'étoffe de son pantalon qu'il bande fort. La femme est décontenancée, tant par le culot du jeune homme que par l'importance de la chose.

— J'aimerais beaucoup coucher avec vous cette nuit, lui avoue-t-il.

Dans sa tête, les idées se bousculent. Elle ne sait pas quoi répondre. C'est bien la première fois qu'on lui propose une telle chose. Elle n'a pas fait l'amour depuis trois ans. De plus, elle n'a jamais connu d'autre homme que son mari.

Le jeune homme repasse à l'attaque plus ouvertement, en la prenant dans ses bras. Huguette se débat mollement, mais quand il l'embrasse, la douceur de son baiser et sa façon de faire font fondre toute résistance. Elle lui propose alors de prendre un bain.

— Oui, d'accord, mais à deux!

— Non, dit-elle, allez-y d'abord...

Jocelyn n'insiste pas et se dirige vers la salle de bain. Huguette est profondément troublée. Ce beau jeune homme avec elle toute la nuit, quel rêve! Elle se sent comme dans un état second.

Après le bain, elle le conduit à la chambre.

— Mettez-vous à votre aise, lui dit-elle, je prends ma douche et je reviens...

Huguette se lave rapidement, puis elle revêt une chemise de nuit de nylon transparent et pousse la porte de la chambre. Jocelyn est nu, étendu sur le dos, les mains derrière la tête. Une magnifique érection d'un membre de bonne taille et une poitrine velue lui donnent un air de fauve. Il se lève et va à sa rencontre.

Elle se sent petite dans ses bras quand il la serre contre lui.

Le jeune homme la caresse à travers sa chemise de nuit tout en l'embrassant, puis il la soulève de ses bras puissants et la pose sur le bord du lit. Là, il se met à genoux et, avec de petits baisers, il remonte le long de ses jambes. Elle bascule en arrière quand ses lèvres se posent sur sa chatte. Elle n'ose pas le repousser, même si elle ne trouve pas la chose «propre». C'est si agréable! Et c'est ainsi qu'elle subit son premier cunnilingus.

Jocelyn sait y faire; ses mains ne restent pas inactives. Il pelote ses seins qui, sous la caresse, commencent à durcir. Elle sent monter en elle une onde de plaisir qui va en s'accentuant. Soudain, c'est comme un ouragan de plaisir. Elle se met à crier. Ses jambes enserrent le cou du jeune homme. Elle perd la notion du temps, puis elle lui dit que c'est la première fois qu'elle éprouve un tel plaisir.

Jocelyn est étonné. Il prend ses mains et les guide à sa verge. Maladroitement, elle le caresse. Qu'elle est grosse, cette queue! Et ses grosses couilles sont si velues! Quand elle voit qu'il bascule son bassin pour approcher sa verge de sa bouche, elle comprend qu'il a envie qu'elle le suce, chose qu'elle n'a jamais faite. Mais il l'a rendue si heureuse qu'elle l'approche de sa bouche, puis passe la langue sur sa pointe — c'est doux. Elle la prend à pleine bouche et là, voyant qu'elle ne sait que faire, le jeune homme la guide, lui montrant comment le branler tout en le suçant.

— Aspire, dit-il, suce fort, c'est bon. Tu vas voir, je vais jouir dans ta bouche... Allez, vas-y... continue...

En l'entendant lui parler ainsi, la femme ressent un léger frisson de peur, de cette peur de l'inconnu, cette peur rattachée au plaisir inexploré. Elle ne sait pourquoi, mais ce jeune homme la rend dingue; elle est prête à faire toutes les folies. «Oui, j'avalerai sa semence; oui, je ne lui refuserai rien», se dit-elle, consciente qu'il l'a fait jouir comme jamais son mari n'a su le faire.

Pour s'exciter, il la traite de salope et de bien d'autres choses. Le pire, c'est qu'elle aime ces mots. Soudain, elle sent qu'il se crispe et elle reçoit toute la semence. Elle en a plein la bouche. Ce n'est pas aussi mauvais qu'elle l'aurait cru; non seulement avale-t-elle le tout, mais elle lèche le reste! Il se couche de tout son long, puis il fume une cigarette et la félicite.

— Pour la première fois, bravo!

Huguette est contente, satisfaite. Elle se pelotonne dans ses bras. Quand il termine sa cigarette, il lui retire sa chemise de nuit, puis il lui pelote la poitrine, la couvre de baisers, tandis que ses doigts s'aventurent dans sa chatte. Elle est très excitée, elle mouille comme jamais encore ça ne lui est arrivé.

Jocelyn s'allonge sur elle. Elle écarte les cuisses et il entre facilement en elle. Elle se sent toute remplie de lui. Il s'active et elle ne tarde pas à jouir à nouveau, moins fort, mais plus longtemps. Puis il la retourne et la prend par-derrière. Elle aime cette chose bestiale. Elle est sa chienne, et il le lui dit avec des mots crus qui lui plaisent beaucoup. Son gland s'active. La douleur est très vive. Après quelques instants, elle s'aperçoit que la douleur a disparu et qu'elle ressent un plaisir nouveau. Elle jouit tout aussi fort, surtout quand elle sent plusieurs jets brûlants au fond de ses entrailles. Le jeune homme s'écroule à ses côtés. Il l'embrasse très fort.

— Pardonnez-moi, lui dit-il. Quand je baise, je ne me contrôle plus...

Il la colle contre lui. Puis, il la conduit à la salle de bains où ils prennent un bain à deux. Ils restent bien une heure dans l'eau. Il lui raconte des histoires. Elle sourit, elle rit. Elle est bien.

De retour au lit, il la baise encore une fois. Elle est repue, fatiguée, et elle s'endort lovée contre lui.

Est-ce que ce n'est qu'un rêve, tout ça?

Le ressac du plaisir

Lise habite loin de chez Hélène, si bien qu'elles ne se voient que rarement. Mais chaque fois qu'elles ont l'occasion de passer une journée ensemble, elles en profitent pleinement. Surtout que, depuis le début, leurs relations ont toujours été très claires: elles recherchent toutes deux uniquement le plaisir physique.

Elles se sont rencontrées par les petites annonces, ce qui a donné tout de suite le ton à leur relation. Elle, elle venait tout juste de se remettre de s'être fait plaquer par Lucie. Lise, de son côté, en avait marre de ses groupes d'activistes lesbiennes pures et dures. Elles étaient toutes les deux mûres pour se consacrer uniquement à ce qui les attirait vraiment dans le lesbianisme: les jeux sexuels entre femmes et, surtout, certaines dérives troublantes.

La première rencontre s'est limitée en quelque sorte à la phase préliminaire d'observation et de séduction mutuelle. Elles n'ont pas découvert du premier coup la similitude de leurs goûts et de leurs fantasmes. Mais Hélène a été tout de suite séduite par sa façon de s'habiller et de se... déshabiller, par son mélange de retenue et de passion, de douceur et de force. Et par sa peau mate de brune aussi.

Mais c'est à leur deuxième rencontre que le déclic s'est vraiment produit...

Lise était installée depuis un moment déjà entre ses cuisses largement écartées et elle lui lapait la chatte à coups de langue câlins, comme une chatte qui lèche ses petits. Soudain, elle a aperçu un flacon de parfum qui traînait sur sa coiffeuse, un gros flacon pointu au sommet et qui s'élargissait progressivement jusqu'à la base. Elle l'a pris.

Un frémissement d'énervement secouait Hélène pendant qu'une nouvelle chaleur irradiait depuis son sexe et envahissait son ventre et sa poitrine. Elle s'était déjà servi à plusieurs reprises de ce flacon pour se faire jouir, car sa forme l'écartait agréablement à mesure qu'elle l'enfonçait, et ses parois froides et parfaitement lisses ajoutaient à son plaisir.

Hélène s'est tendue un peu plus. Lise a introduit l'objet très lentement dans son vagin, jusqu'à la limite du supportable. Elle s'est mise à remuer le flacon de gauche à droite dans sa fente surexcitée. Hélène a gémi de plaisir des onomatopées... Il ne lui en fallait pas plus pour connaître un orgasme ravageur.

Par la suite, elle lui a confessé toute la volupté qu'elle éprouvait à accueillir dans son sexe les objets les plus hétéroclites; Lise, quant à elle, préférait des instruments plus traditionnels — elle possédait d'ailleurs toute une collection de godemichés qu'elle était disposée à partager.

Enhardie par cette première confidence, Hélène lui a confié qu'elle adorait les déshabillés amoureux, les dentelles et la lingerie sous toutes ses formes. À la richesse et à la variété de ses dessous, elle a deviné que Lise partageait son penchant, et elle ne se trompait pas! En fait, elle adorait que le corps de ses amantes soit plus ou moins recouvert. Elle a avoué que ça lui donnait un sentiment de puissance, l'impression vraiment jouissive de forcer l'intimité de celle avec qui elle faisait l'amour, un peu comme dans une sorte de viol consenti, surtout quand elle descendait la bretelle d'un soutien-gorge ou quand elle glissait ses doigts dans l'entrejambe d'une petite culotte de dentelle transparente.

La fois d'après, elles se mirent d'accord pour prendre des photos avec le déclencheur automatique afin de garder un souvenir entre deux rencontres. Ce jour-là, Hélène l'a accueillie avec une ravissante nuisette pleine de dentelles, des bas résille et un porte-jarretelles blanc; Lise avait eu la même attention pour elle, mais elle avait apporté en plus quelques-uns de ses godemichés. C'était leur premier véritable après-midi de baise effrénée, comme Lise les appelle en rigolant — sa manière à elle aussi de ne pas vouloir faire de sentiment.

Hélène avait remarqué dès leur première rencontre que Lise était autoritaire et aimait bien prendre des initiatives, ce qui lui convenait assez. Elle n'était pas soumise à proprement parler, mais elle aimait bien qu'on s'occupe d'elle, qu'on la chouchoute et qu'on lui fasse des trucs un peu vicieux et inattendus, comme regarder sa fente avec attention sans la toucher, la détailler longuement comme si c'était un objet inconnu. Lise raffinait davantage en lui caressant la chatte par-dessus son slip pour commencer; elle s'ingéniait à faire monter son excitation en l'effleurant du bout des doigts avant de plaquer le tissu léger sur sa vulve, qui s'animait de contractions en devenant de plus en plus moite et prête à la pénétration.

Quand Lise sentait qu'Hélène commençait à être bien mouillée, avec les grandes lèvres doucement irritées et des picotements dans tout le bas-ventre, elle s'arrangeait pour faire coller très étroitement son slip tout le long du creux de sa fente. Le tissu s'imprégnait aussitôt de son jus et cela l'excitait de voir aussi précisément la forme de son sexe sous le tissu.

Elle écartait largement son slip en tirant sur l'entrejambe. Hélène lui offrait d'un seul coup son sexe éclaté et luisant de jus, avec toutes ses nuances de rose, de rouge et de mauve — une vraie fleur exotique. Lise aimait la tripoter comme une gamine vicieuse. Elle tirait sur ses grandes lèvres pour les ouvrir; elle lissait les nymphes avec son pouce ou les pinçait quelques fois. Hélène avait un peu peur que cela blesse ces membranes si minces, mais Lise était d'une habileté diabolique. Elle appuyait avec deux doigts de chaque côté du clitoris pour le faire ressortir comme une petite langue rouge et boursouflée.

Ce qui troublait toutefois le plus Hélène, c'est quand elle élargissait son trou en le massant du bout des doigts, qu'elle appuyait progressivement jusqu'à l'entrouvrir comme un coquillage. Tout comme elle aimait savoir que Lise en observait les parois roses qui disparaissaient dans les profondeurs secrètes de son ventre. Certes, elle en éprouvait un peu de honte, mais elle ressentait surtout du plaisir. Cette façon qu'avait Lise de la traiter ressemblait à un examen médical; elle agissait avec une froideur qui lui rappelait ses visites chez le gynéco, mais la consultation médicale ne la faisait pas jouir! C'est de ce sentiment que venait ce mélange de honte et de plaisir qu'elle ressentait.

Comme elle était toujours un peu contractée, Lise la récompensait enfin en collant ses lèvres sur son trou et en y faisant frétiller sa langue. La première fois, elle s'y attendait si peu qu'elle a joui brusquement, avant même d'avoir eu le temps de sentir monter le plaisir. Elle a inondé la bouche de Lise d'un copieux flot de mouille, s'interrogeant sur sa réaction, mais rassurée en constatant avec quel air vicieux et satisfait sa copine se passait la langue sur les lèvres.

Puis, Lise lui a demandé d'écarter les cuisses au-dessus de son visage; ensuite, elle l'a sucée, elle l'a mordillée, elle l'a léchée et elle l'a aspirée si bien qu'Hélène s'est répandue sans se retenir, tandis que Lise s'enivrait de l'odeur et du goût de ce nectar qui jaillissait de son sexe fiévreux.

Mais leur grande «affaire», celle que l'une et l'autre préfèrent encore aujourd'hui, ça reste tout de même les jeux avec les godemichés ou d'autres objets.

Une fois, Hélène a même enfoncé une banane épluchée dans son sexe; elle l'a fait aller et venir pour bien l'imprégner de sa liqueur — ça a duré tellement longtemps qu'elles étaient toutes les deux hyperexcitées. Lise a joui avant la fin, en arrosant ce qui restait de la banane avec une telle abondance qu'Hélène a dû se dépêcher pour se «finir», tant le fruit devenait de plus en plus mou et risquait de se briser. Elle l'a ensuite mangé avec délectation.

Lise affirme fourrer Hélène comme une petite salope ou comme une chienne. En faisant l'amour, elle parle pour s'exciter et pour exciter sa copine, et dans le feu de l'action, elle devient facilement grossière. Hélène est plus silencieuse et elle n'emploie pas souvent des mots crus, mais elle reconnaît que ça l'excite quand Lise lui dit qu'elle a envie de lui enfiler le con pendant des heures — et ça l'excite encore plus quand elle le fait! Surtout que Lise lui réserve toujours des surprises...

Une de ses dernières trouvailles a fait mourir de plaisir la belle Hélène. Elle était étendue sur le dos, les cuisses bien ouvertes et Lise lui a passé le long de la fente un mignon petit gode joliment sculpté. En même temps, elle lui racontait le plaisir qu'elle allait éprouver à le sentir pénétrer bien au fond d'elle.

Quand l'orgasme a commencé à prendre forme et que le plaisir s'est mis à lui réchauffer le ventre, Hélène a fermé les yeux et elle s'est concentrée sur ses sensations en écoutant la voix et les mots de Lise. Cette fois-là, Lise en a profité pour remplacer le petit gode effilé et assez court par un autre, beaucoup plus volumineux. Hélène, qui s'attendait à une sensation fine, prolongeant une douce caresse, a ressenti soudain un véritable pieu s'enfoncer dans son vagin. La surprise lui a coupé le souffle...

Les yeux de Lise étaient brillants et durs. Hélène gémissait. Et quand elle a senti s'enfoncer un peu plus loin le gode, même si c'était avec plus d'étonnement que de douleur, elle a eu néanmoins la torturante et délectable impression d'être complètement défoncée de part en part. Elle n'avait pas vu l'objet et elle ne pouvait juger de sa taille exacte, mais elle sentait qu'il était d'une grosseur et d'une longueur surprenantes. Et puis... il y avait aussi les sensations, et elle ne s'était jamais encore sentie écartelée à ce point. Lise a fait taire ses protestations en posant fermement ses lèvres sur les siennes, en remuant et en faisant tourner le gode dans sa chatte brûlante sans jamais le retirer. La première impression de gêne a fait soudain place à une sensation bien plus intense, et combien délicieuse! Comme si un petit animal cruel lui mangeait le ventre de l'intérieur. Une sensation aiguë et profonde qu'elle n'avait jamais éprouvée avec autant d'intensité. Dès que les lèvres de Lise ont délaissé sa bouche, elle a pu enfin hurler toute sa jouissance, crier comme une folle...

Hélène n'avait plus conscience de rien d'autre que du ressac des vagues de jouissance qui cognaient dans son ventre et déferlaient dans tout son corps.

Maintenant, c'est chaque fois pareil.

C'est le plaisir.

Simplement.

Le fantasme de l'autre

Elle s'appelle Claire et elle a vingt-six ans; elle est blonde — une vraie blonde —, et beaucoup d'hommes la trouvent très jolie et fort séduisante. Il faut dire qu'elle passe beaucoup de temps à soigner son corps, et la façon dont elle s'habille est assez sensuelle. Elle est mariée depuis un an à Bernard, dont elle est follement amoureuse...

C'est l'anniversaire de Bernard et Claire ne sait pas quoi lui offrir; aussi, lui demande-t-elle directement ce qui lui plairait. Il ne lui répond pas immédiatement. Ce n'est que le soir qu'il lui déclare ce qu'il veut, un petit sourire aux lèvres.

— Tu es une très jolie jeune femme, dit-il, et ce qui me ferait le plus plaisir, ce serait de te voir baiser avec deux Noirs.

Claire adore son mari, mais sa proposition la choque un peu. Elle lui demande la nuit pour y réfléchir.

Le lendemain matin — est-ce par amour? — elle lui donne son accord. Il est fou de joie.

— Pas très loin d'ici, il y a une maison en construction où ne travaillent que des immigrés, lui explique-t-il. Tu leur demanderas et ils ne refuseront certainement pas, ils seront trop excités. Tu n'auras qu'à les «allumer» innocemment, et je suis persuadé qu'ils se chargeront du reste...

Pour finir, il lui dit qu'ils s'y rendront l'après-midi même. Avant de partir, il lui demande de se changer. Selon ses désirs, elle met un slip transparent, des bas fumés sans jarretelles, une robe moulante qui lui arrive tout juste au-dessus des genoux, tout en offrant un large décolleté sur sa poitrine gonflée. Elle chausse des souliers à talons hauts et fins, se maquille soigneusement, et les voilà prêts à partir. Bernard lui avoue qu'elle est très excitante.

Arrivés à une centaine de mètres du but, Bernard descend de voiture.

— Je compte sur toi, ma chérie, lui dit-il. Profites-en bien!

Devant la maison en construction, Claire se dirige vers deux Noirs en train de préparer du ciment. Leur offrant son plus joli sourire, elle s'adresse à eux.

— Bonjour, Messieurs! Est-il possible de visiter? Cela me ferait tellement plaisir!

Les deux types se regardent. Ils doivent avoir au moins la trentaine et ne sont pas très attirants, tout au moins selon son goût à elle. Ils la dévisagent des pieds à la tête.

— Pas de problème, Madame, lui affirme l'un d'eux. On va vous guider.

Claire les remercie. Le plus grand lui propose de visiter le premier étage, car le rez-de-chaussée est encombré de matériel. Elle acquiesce. Il ajoute que la seule façon d'accéder aux étages supérieurs est l'échafaudage. C'est, bien sûr, un excellent moyen pour elle de les exciter, non pas parce qu'elle en a réellement envie, mais parce qu'elle a promis de le faire. Elle leur demande s'ils peuvent l'aider à monter, car elle a peur de tomber. Aussitôt, l'un d'eux grimpe rapidement au premier étage, alors que l'autre attrape les mollets de la belle pour la hisser.

À la moitié de son ascension, Claire fait semblant de perdre l'équilibre. Le type sous elle saisit ses cuisses à pleines mains, se voyant offrir par la même occasion une vue imprenable sur son sexe à peine dissimulé par son slip. Claire regarde dans sa direction, il a la tête presque enfouie sous sa robe. Elle le remercie de l'avoir retenue. Sûrement enhardi par ses remerciements, le type fait glisser ses mains jusqu'à ce que ses pouces butent sur son entrecuisse. Elle sent sa chatte humide, excitée par le contact de ces mains rugueuses le long de ses cuisses.

L'homme à l'étage s'est accroupi pour la saisir sous les bras et la hisser; ses paumes se pressent contre ses seins dont les pointes s'érigent. Lorsqu'elle s'apprête à poser un pied sur le ciment du premier étage, elle sent les doigts du type sous elle se presser à travers son slip, sur le bas de sa raie, comme pour la pousser, de façon à l'aider à gravir le dernier échelon.

Claire reste en suspens une ou deux secondes, juste le temps nécessaire pour qu'il constate que sa chatte est chaude. Le premier ouvrier, imaginant la chance de son confrère, l'agrippe fortement pour la tirer vers lui, écrasant sous ses grandes mains ses seins gonflés par l'excitation. Alors que le type qui la suivait accède à son tour à l'étage, le premier lui demande si l'ascension n'a pas été trop difficile.

— Sans vous deux, répond-elle, je n'y serais jamais arrivée. Vous êtes vraiment très gentils!

— En tout cas, vous avez de belles jambes! ajoute l'autre homme.

Pour toute réponse, elle ne fait que lui lancer un sourire provocant. Le premier enchaîne.

— Venez, on va vous montrer le deuxième étage, c'est le plus beau!

Claire sait qu'il lui propose cela tout simplement pour pouvoir la toucher, lui aussi. Mais comme elle est là pour ça et qu'elle commence même à prendre goût à leur petit manège, elle ne proteste pas. Elle agrippe l'échafaudage et, bien sûr, c'est cette fois le type qui avait été à l'étage qui la tient en dessous. Elle se rend compte qu'il est beaucoup plus hardi que le premier, car il place directement ses grandes mains sur la peau nue de ses cuisses. Pour l'exciter plus encore, elle lui demande de bien la tenir. Ses cuisses sont chaudes, et les mains de l'ouvrier remontent de chaque côté jusqu'à son slip.

Ils sont à peine à la moitié de cette nouvelle ascension que Claire sent la fine dentelle de sa culotte glisser jusqu'à ses genoux. Elle se retourne et regarde le Noir dans les yeux.

— Que fais-tu? lui demande-t-elle. Je ne peux plus monter comme ça, j'ai les jambes coincées! Fais quelque chose...

Claire réalise soudain qu'elle le tutoie sans le faire exprès. Pour solutionner son problème, il lui retire carrément son slip qu'il fourre dans sa poche. Elle le remercie alors que sa main gauche remonte sur sa jambe et se faufile entre ses cuisses, jusqu'à aller se plaquer contre son pubis nu. Claire ressent un long frisson à ce contact, mais elle se remet à gravir l'échafaudage, à présent très doucement, curieuse de savoir jusqu'où cette main va continuer son audace.

Elle ne tarde pas à être fixée: deux doigts épais vont et viennent le long de sa fente et introduisent timidement une phalange dans sa vulve. Plutôt que de se cabrer, ce qui n'est pas son rôle, elle écarte un peu plus les cuisses chaque fois qu'elle monte un échelon. Elle n'a pas le temps de déplacer son second pied qu'elle sent déjà deux doigts aller et venir profondément dans sa chatte humide et de plus en plus chaude. Plus elle grimpe, plus le type accélère son mouvement. Elle serre fortement les barres de l'échelle entre ses mains, car elle se sent toute fébrile. Ses jambes sont comme du coton, et elle sent l'orgasme monter en elle à une vitesse incroyable. Se faire branler de cette manière provoque un plaisir fou.

Lorsqu'elle sent un pouce forcer l'anneau serré de son anus, elle ne peut retenir sa jouissance. Elle est à la fois excitée et honteuse d'imaginer sa liqueur coulant sur les doigts de cet inconnu. Après avoir lâché de doux gémissements, elle lui demande de retirer ses doigts car elle n'arrivera jamais au deuxième étage. Il fait ce qu'elle lui demande, et se contente de plaquer ses mains sous ses fesses nues afin de la pousser vers le niveau supérieur.

— C'est vraiment pour visiter que t'es venue ici? lui demande-t-il.

Pour paraître un peu plus allumeuse, elle répond avec un sourire aguicheur.

— Oui, dit-elle, sinon pourquoi serais-je venue?

Sa main gauche se plaque sur ses fesses, les pétrit par-dessus sa robe.

— Tu n'as pas protesté sur l'échafaudage quand je te branlais, ça t'a plu, ma jolie! Alors ne crois pas qu'on va laisser passer une aubaine pareille.

Sa main la pelote plus fiévreusement, frottant de ses doigts son entrecuisse à travers la robe. L'autre type, devant elle, pose ses mains sur sa taille.

— Tu aimes te faire toucher comme ça par les inconnus? demande-t-il.

— Oui... répond-elle sans hésiter.

À cet instant, Claire a une légère réticence, mais elle ne dure pas longtemps car le premier type prend sa bouche de force et y enfonce sa langue râpeuse. Elle prend rapidement goût à son baiser fou. La main gauche de l'homme fait descendre la bretelle de sa robe sur son bras, ce qui lui dénude un sein fièrement pointé en l'air. Le Noir l'attrape dans sa grosse main et le presse, de façon à faire jaillir son extrémité. Sa bouche quitte celle de la femme pour aller gober son téton pointu, le mordillant.

Trop occupée par les initiatives de ce type, elle ne s'est même pas rendu compte que l'autre l'avait troussée et que ses doigts allaient et venaient le long de sa raie, mouillée de sa première jouissance.

Claire descend une main vers sa chatte, jusqu'à celle de l'homme, et indique à ses doigts son point sensible; elle écarte un peu plus les jambes pour lui donner une meilleure prise, et elle le sent aussitôt lui titiller le clitoris d'un ongle. C'est trop pour elle, et elle se met à gémir, tout en ondulant du bassin. Le sang lui monte presque à la tête et elle écrase la bouche de l'autre contre son sein meurtri. Elle est folle d'excitation, le premier lui dévore le mamelon, alors que l'autre lui griffe le clitoris. Après une succession de gémissements et de cris rauques, elle tourne la tête vers celui qui lui caresse la chatte.

— Baise-moi maintenant! Je n'en peux plus... lui dit-elle, les yeux mi-clos.

Le type ne se fait pas prier, il trousse cette fois sa robe jusqu'à la taille et appuie sur son dos de façon qu'elle se penche bien en avant. Elle cambre d'elle-même délicieusement les reins, tout en écartant davantage ses cuisses, lui offrant son sexe de manière indécente. Elle le sent promener son gland le long de sa raie et elle frissonne, constatant la grosseur de la queue. Abusant de son état d'excitation, le type lui dit qu'elle n'est pas assez ouverte; elle passe alors ses mains entre ses cuisses et écartèle sa vulve en le suppliant.

— S'il te plaît, ne me fais plus languir. Baise-moi! Regarde comme je m'offre à toi...

Le type l'attrape par la taille et, après avoir collé son gland entre ses petites lèvres, il s'élance en elle d'un seul coup de reins. Elle crie de bonheur. Ses plaintes résonnent entre les murs lorsqu'il entreprend de la limer en un rapide va-et-vient, faisant chaque fois claquer ses fesses contre son ventre dur. À leurs côtés, l'autre Noir est en train de dégrafer son pantalon.

L'homme en elle ralentit son mouvement et elle sent un de ses doigts se faufiler entre ses fesses écartées et se pointer contre l'anneau serré de mon anus. Son index force son étroit orifice, bientôt suivi de son majeur. Elle n'apprécie pas trop ses doigts audacieux qui lui branlent ainsi le rectum, sans gêne. Ce n'est pas qu'elle n'aime pas, elle pratique la sodomie avec son mari, mais elle estime que cet orifice est trop privé pour le laisser au premier venu. Pour ne pas le rejeter brutalement, elle lui demande doucement de laisser son copain la prendre à son tour. L'homme a une réaction brutale et, la redressant dos à son torse, sans retirer sa verge de son sexe, il arrache presque le haut de sa robe, ce qui dénude complètement sa poitrine. Il malaxe ses seins fermes entre ses grosses mains.

— Ça ne t'a pas plu comment je t'ai baisée? dit-il.

— Oui, j'ai beaucoup aimé...

— Et mes doigts dans ton joli cul, tu as aimé?

Elle s'attendait à cette question, et pour ne pas l'énerver davantage, car il commence à lui faire mal aux seins, elle lui répond doucement.

— Oui, j'ai aimé, mais ton copain a autant le droit que toi de me baiser.

— Ah! Je vois que tu aimes varier, rétorque-t-il.

— Pendant que ton copain m'enfilera, je te sucerai, dit-elle pour le calmer et pour qu'il cesse de la harceler.

— C'est vrai? Tu veux me prendre dans ta bouche? demande-t-il.

— Oui, j'en ai très envie...

Le deuxième homme prend place derrière elle et la positionne comme son copain l'avait fait, sauf qu'il lui fait prendre appui d'un pied sur un muret, une pose qui lui écartèle impudiquement la chatte et les fesses. L'autre ouvrier lui présente sa queue; alors qu'elle donne quelques petits coups de langue sur le gland, son copain lui introduit trois doigts dans le vagin et le pouce dans l'anus. Elle repousse calmement sa main qu'il remet, cette fois, sur son entrecuisse, entreprenant un dur massage sur son clitoris, qui ne tarde pas à sortir de sa cachette. Tout en gémissant, elle se trémousse de plaisir sous ces doigts excitants. Il continue de la branler avec ferveur, alors que l'autre, d'une main sur sa nuque, lui pousse la tête vers son sexe, de façon qu'elle l'enfourne plus profondément. Claire se laisse faire tellement elle est excitée par la main habile qui lui caresse le sexe; elle suce sans aucune retenue, tout en gémissant chaque fois que la queue sort de sa bouche.

— Oh oui! Continue... Branle-moi bien... murmure-t-elle.

Le type se rend compte qu'elle approche de l'orgasme, aussi ralentit-il son mouvement. Lorsqu'il lui réintroduit son pouce dans l'anus, elle ne proteste plus, car cela lui procure un plaisir aussi intense que ses doigts sur son clitoris. Elle est toute honteuse de se faire branler le cul, mais il l'excite, ce salaud, et il s'en rend compte par le trémoussement de ses fesses.

— Ça te plaît, mon pouce dans ton cul? T'aimes ça, hein? Dis-le, ma belle...

Claire ne répond pas. Il retire son pouce pour enfoncer profondément deux doigts. Il lui branle le cul sans ménagement, alors qu'elle lâche quelques gémissements tout en léchant la dure queue de l'autre. Il lui adresse soudain des paroles vicieuses qui la troublent encore plus.

— Mademoiselle voulait nous allumer! Mais tu sais, nous, les Noirs, il nous en faut beaucoup pour être épuisés! Dis que tu es venue pour ça, que tu veux ma queue dans ton cul... Allez, dis-le...

— Oui, je ne suis qu'une vicieuse, répond-elle, haletante. Encule-moi. Fous-moi ton sexe dans le cul, bien au fond, ne me ménage pas...

Aussitôt, il retire ses doigts, l'attrape par les hanches et pointe sa grosse verge contre son anus.

— Cambre-toi mieux, petite salope, que tes fesses s'écartent sans pudeur... Oui, comme ça, offre-moi ton joli cul...

Le type n'en finit pas de lui dire des saloperies, ce qui l'excite beaucoup. N'y tenant plus, elle passe une main entre ses propres cuisses, jusqu'à ce que ses doigts atteignent son petit orifice qu'elle écarte en disant d'une voix plaintive:

— Viens, s'il te plaît, n'attends plus... Regarde comment je me donne à toi, j'en mouille d'impatience de la sentir dans mes reins, ta grosse bite...

Claire le sent s'agripper plus fortement à ses hanches, au point que ses ongles se plantent dans sa peau bronzée, puis il lui enfonce brutalement son pieu aux trois quarts dans le cul. Elle pousse un gémissement. Ses chairs se rétractent autour de cette énorme queue d'ébène, l'emprisonnant dans un chaud et doux fourreau. L'homme se retire à moitié, puis, d'un brusque coup de reins, il lui propulse à nouveau sa verge, l'enculant à fond cette fois. Elle se met à gémir plaintivement, tout en agitant son bassin. Malgré l'habitude qu'elle a de se faire sodomiser par son mari, son cul n'est pas habitué à des mandrins aussi gros et brutaux.

Lorsqu'il entreprend un dur va-et-vient, Claire n'en peut plus. Mais il se moque de ses plaintes et continue de la limer sauvagement. Puis, il fait glisser ses mains sous son ventre; avec l'une d'elles, il écartèle ses lèvres, et de l'autre, il lui enfonce profondément quatre doigts qui la fouillent délicieusement. Les douleurs dans son cul s'estompent et il s'en rend compte car ses plaintes sont devenues gémissement de bien-être.

— Alors, ça te plaît, hein? T'adore ça, petite garce...

— Oui... j'aime ça, continue! hoquette-t-elle. Tes doigts aussi, branle-moi bien la chatte. Tu sens comme je suis humide? Tu me fais mouiller...

Le type éloigne sa queue de sa bouche et se redresse. Elle devine ses pensées lorsqu'elle se sent ses lèvres bien écartées. Sans plus aucune pudeur, elle leur lance:

— Viens! Toi aussi, baise-moi... Baisez-moi tous les deux en même temps... Profitez-en, si ça vous plaît. Je me soumets à vous. Pelotez-moi partout, vous m'avez trop excitée...

Claire est à peine consciente de l'indécence de son langage. Le type en face d'elle l'enfile d'une seule poussée; il l'agrippe sous les fesses afin de les écarter au maximum, alors que l'autre attrape ses seins et les malaxe sans délicatesse. Ses tétons se dressent; il les prend entre le pouce et l'index, les compressant à un tel point qu'ils deviennent violets. Les deux Noirs la culbutent fougueusement, et elle sent l'orgasme monter en elle. Elle se renverse dos contre le torse du type, enlaçant son cou de sa main gauche. Il cherche à l'embrasser et elle lui ouvre la bouche, qu'il prend avec gourmandise. Excité par son total abandon, il continue à lui pincer le bout des seins, la faisant crier de douleur et d'excitation, alors que l'autre lui griffe les fesses et les cuisses. Soudain, elle sent l'orgasme arriver. Elle jouit comme une folle, et elle se trémousse entre eux, tout en leur criant son plaisir, qu'elle n'a jamais ressenti avec une telle intensité.

— Ah oui! Vous me faites jouir! Que vous me baisez bien... Inondez-moi de votre sperme, remplissez-moi toute...

Les deux types ne tardent pas à éjaculer en même temps. Ils demeurent une ou deux minutes à baigner dans leurs liqueurs, puis ils se retirent. Elle remet, rapidement et tant bien que mal, sa robe en place et redescend de l'échafaudage, en ne leur adressant qu'un simple au revoir.

Claire regagne la voiture. Ses cuisses ruissellent de sperme, elle rejoint son époux qui lui dit qu'elle a été superbe. Son pantalon est trempé au niveau de sa braguette — elle sait qu'elle l'a satisfait. Le soir même, ils font l'amour comme des fous. Elle lui a fait plaisir en exauçant son vœu, sans doute devrait-on dire son fantasme. Et, secrètement, elle espère déjà qu'un jour, il lui en viendra un autre à l'esprit, auquel elle se soumettra cette fois sans hésitation.

Les folies d'une femme sage

Lorsque sa seconde fille quitte la maison pour aller poursuivre ses études à Montréal, elle se retrouve seule, et l'inactivité se met à lui peser. Jusque-là, elle s'était consacrée entièrement à sa famille. Elle cherche donc un emploi pour se désennuyer.

Hélène confie à ses proches qu'elle veut trouver un emploi. Un jour, une amie l'informe que deux de ses amis, deux commerçants, cherchent quelqu'un pour les aider.

— Tu verras, lui dit-elle. Ce sont deux frères, deux célibataires endurcis. Ils ont une boutique de vêtements sportifs au cœur de Québec. La dame qui s'occupe de la comptabilité s'en va bientôt. Ils cherchent une personne de confiance pour la remplacer.

Rendez-vous est pris par son amie, et le lendemain, Hélène se rend à la boutique de sport. Effectivement, les deux hommes sont charmants. Comme leur adjointe administrative prend sa retraite dans peu de temps, elle commence immédiatement son entraînement. Quelques jours plus tard, elle se retrouve donc seule à s'occuper des commandes, des paiements, de l'administration, quoi! Les deux frères ne s'occupent que de la vente. Hélène est satisfaite et du travail et de l'ambiance.

Un jour, Robert lui fait une demande particulière alors qu'ils sont seuls dans son bureau.

— Dites, Hélène, mardi prochain, c'est l'anniversaire de Denis et j'ai pensé lui faire une surprise. Seulement, j'ai besoin de vous. Sous un prétexte quelconque, à onze heures — je vous donnerai une clé —, vous monterez à l'appartement et vous agencerez la table.

— Avec plaisir! lui répond-elle.

Le jour venu, les deux frères entrent dans l'appartement vers treize heures. Pour Denis, c'est effectivement une grande surprise. Très ému, il l'embrasse quand elle lui souhaite bon anniversaire. Pendant que les plats sont au four, ils boivent du champagne. Tout le repas se passe d'ailleurs au champagne et comme c'est sa boisson préférée, Hélène se régale. Ils passent ensuite au salon pour le café. Les deux frères allument chacun un gros cigare et sortent les digestifs. Ils insistent pour qu'elle les accompagne.

— Il va falloir retourner au magasin, leur dit-elle. Nous sommes en retard...

— J'ai mis un panneau, répond Robert. Le magasin n'ouvrira que pour la soirée. Alors, nous ne sommes pas pressés... Voulez-vous voir le film que nous avons fait?

Hélène acquiesce. C'est un film vidéo. Ils ont un cinéma maison. C'est avec plaisir qu'elle reconnaît des lieux qu'elle a visités avec son époux. Après le court film, Robert offre un présent à son frère.

— Au fait, j'ai fini par trouver la cassette vidéo que nous cherchions. Je l'ai achetée et je te l'offre pour ton anniversaire.

— C'est quel film? demande Hélène.

— Il s'agit d'un film érotique que j'ai dû faire venir de New York. Contrairement à la plupart, il est très bien fait. Vous n'avez jamais eu l'occasion de voir de tels films?

Hélène répond par la négative.

— Tenez, nous allons le visionner...

Elle sait bien que de tels films existent, mais elle n'en a jamais vu. Ce n'était pas le genre de son ex-mari, et seule, elle n'a jamais osé en louer à son club vidéo. Toutefois, rester ainsi avec ses patrons ne lui semble pas une très bonne idée. Elle fait mine de se lever, mais elle se rend compte qu'elle a le tournis. Elle n'est pas ivre, loin de là, mais ses jambes semblent en coton. Elle réussit cependant, non sans mal, à se mettre debout. Alors que le film commence, Denis se tourne vers elle.

— Restez avec nous, je vous en prie, dit-il. C'est mon anniversaire et cela me fait plaisir d'avoir votre présence. Nous sommes toujours seuls, Robert et moi. Le travail peut attendre et nous ne vous mangerons pas...

La remarque la touche. De plus, elle se rend compte que, dans son état, elle ne peut pas travailler correctement. Elle se love donc au fond du canapé et regarde l'écran. Effectivement, le film est bien fait. C'est l'histoire d'une dame qui vient de perdre son époux. À la fin des obsèques, un violent orage s'abat sur la ville et un monsieur se propose pour les raccompagner, elle et sa fille. Là, autour d'un verre, ils font plus amplement connaissance et l'homme se permet quelques privautés qu'Hélène trouve aussi déplacées que ridicules. Elle se dit que les films pornos ne sont finalement pas si... pornos!

Mais l'histoire se corse. Un jour où la fille est allée passer la journée chez une amie, la mère invite l'homme à prendre l'apéritif. Alors se passe ce que l'on imagine. Au début, ils échangent des baisers. Quand elle voit la veuve sortir la bite de sa braguette, Hélène a un choc: elle ne s'est jamais douté que «cela» pouvait être aussi gros. Mais le plus grand choc, elle l'a quand le type pénètre la femme et la remplit entièrement, alors que, visiblement, celle-ci ressent du plaisir. Les images sont d'une véracité éclatante. Elle se sent toute chose.

Hélène a l'impression que son visage et tout son corps laissent paraître son trouble. Elle jette un coup d'œil vers Robert et Denis. Ils regardent tous les deux le film, les yeux rivés à l'écran. Elle décide de ne plus résister et se décontracte.

La chaleur irradie son corps: elle sent le bout de ses seins durcir et son bas-ventre brûlant. Son clitoris devient dur et sa fente se mouille. Les gros plans sur le membre de l'homme en train d'aller et venir dans le sexe de la femme éclatent dans sa tête. Il lui semble que c'est elle qui est pénétrée et, inconsciemment, elle essaie de faire jouer les lèvres de son vagin. Elle prend plaisir à se laisser ainsi pénétrer par la pensée.

L'excitation provoquée par cette première scène recommence à sourdre en elle pour atteindre son paroxysme quand, dans une autre scène, la femme se fait prendre par un homme tout en en suçant un autre. Hélène passe sa main entre ses cuisses et, inconsciemment, elle la presse contre son sexe. Robert, qui s'est levé pour éteindre les lumières, revient s'asseoir sur le tapis et s'appuie à côté d'elle contre le canapé, mais elle ne s'en rend pas compte tout de suite car elle suit attentivement ce qui se déroule à l'écran. Lorsqu'elle réalise vraiment ce qui se passe, les choses sont déjà avancées. Robert est agenouillé entre ses jambes. Elle réagit.

— Vous êtes fou! riposte-t-elle vivement. Non, je ne veux pas, laissez-moi...

— Allons, allons... soyez gentille, laissez-vous aller, réplique doucereusement Denis. Continuez à regarder le film, je crois qu'il vous plaît. Décontractez-vous complètement et laissez-le faire.

Il ajoute d'autres paroles folles. Pendant qu'Hélène l'écoute, Robert en profite pour passer sa main dans son slip. Lorsqu'il arrive à son clitoris, son corps se tend. La bouche de son partenaire remonte le long de ses cuisses. Une partie de son cerveau se rebelle, alors que l'autre n'attend que la suite. Sa conscience réprouve tout ça, mais son corps en redemande. Le spectacle des gros membres du film et les gémissements de la femme à l'écran finissent par la faire capituler. L'image est tellement forte! Hélène imagine ces deux hommes la pénétrer à tour de rôle. C'est son sexe qui est envahi. Ce sont ses lèvres qui s'écartent et c'est son ventre qui bout de cette chaleur torride. À chaque pénétration profonde, c'est comme si elle sentait le fond de ses entrailles rempli par ces membres.

Robert veut baisser son slip et elle l'aide en soulevant ses fesses. Elle sent, cette fois pour de vrai, ses lèvres se poser sur son sexe. De sa langue, Robert titille son clitoris, puis il le prend délicatement entre ses lèvres pour le sucer. Denis, qui a cessé de lui parler, s'approche d'elle à son tour pour l'embrasser dans le cou. Ses lèvres humides la font frissonner. Doucement, il approche ses lèvres de son visage et les pose au coin de sa bouche; sa langue essaie d'entrouvrir ses lèvres et elle s'abandonne à son baiser sans résister. Lorsqu'elle s'agrippe à lui, elle s'aperçoit qu'il s'est déshabillé. Il détache sa blouse, puis son soutien-gorge et entreprend de lui caresser les seins.

Hélène n'a plus maintenant qu'une seule envie: être prise, peu importe par qui.

Elle se dégage pour pouvoir se déshabiller.

Ils la font glisser sur le tapis et elle se retrouve allongée sur le dos. Robert est toujours en train de la lécher, tandis que Denis lui mordille le bout des seins. Jusque-là, ses mains sont restées inactives, mais Denis en guide une sur son sexe. Hélène a de nouveau un choc: elle pensait que les types du film avaient été sélectionnés en raison de la taille de leurs attributs masculins. Stupéfaite, elle doit se rendre à l'évidence: c'est son *ex* qui était «sous-dimensionné». Lorsque Robert la pénètre, elle se sent envahie par un énorme fer porté au rouge.

C'est à partir de ce moment-là, qu'elle, Hélène, la prude, la bourgeoise bien-pensante, qui n'avait jamais été portée sur les choses du sexe, devient complètement folle de désir. Toutes les images de ce film défilent dans sa tête et elle ne pense plus qu'à se substituer à cette veuve qui a tant joui.

Quand, pantelants, ils retombent tous trois allongés sur le tapis, elle n'a pas honte. Elle espère seulement que Robert et Denis ne lui en voudront pas.

Passion espagnole

Béatrice est étudiante à l'université, et elle a vingt-trois ans. Tous les samedis soir, elle donne des cours de math à une jeune fille qui en est à sa dernière année de collège et dont le père est concierge dans une résidence de banlieue. Durant les trois premiers mois de l'année scolaire, elle ne voyait qu'eux deux. Elle apprit par la suite que la mère, Maria, était en «maison de repos» pour des problèmes nerveux. En fait, il était clair qu'une certaine tension régnait dans cette petite famille et que le caractère de cet homme, rude et sans nuances malgré des apparences de douceur, y était pour beaucoup...

Depuis le début de janvier, la mère, Maria, d'origine espagnole, est autorisée à passer les week-ends en famille. Pendant que la jeune fille se concentre sur les exercices que Béatrice lui soumet, cette dernière a le loisir d'observer sa mère. Les premiers temps, tout son comportement transpire la lassitude, la fatigue et l'ennui. Cela ne l'empêche pas d'être belle, bien au contraire! Béatrice n'arrive pas à être insensible à son magnifique regard bleu, où on peut lire toute sa tristesse intérieure. De quelques mots, elles passent à de petites conversations. Le plaisir qu'elles y trouvent est protégé par l'absence du mari, souvent à l'extérieur.

Auparavant, et Béatrice est la première à le reconnaître, elle ne s'était jamais sentie spécialement «femme». Quand elle avait besoin d'un garçon, elle n'avait jamais eu de problèmes pour en trouver un. Grande et bien faite, elle attire. Mais seulement quand elle le veut; autrement, elle met les points sur les i.

Avec Maria, les sensations changent progressivement au fil de leurs discussions, sans doute en raison de la sensualité qui se dégage du corps de cette femme, du sang chaud de ses origines qui lui donne un comportement très affectueux. Dans les moments d'enthousiasme, Maria lui attrape les mains ou le coude. Bien sûr, on lui a déjà fait les mêmes gestes, on a déjà eu les mêmes attentions pour elle, mais cette fois, les sensations qu'elle ressent sont différentes.

De week-end en samedi soir, imperceptiblement, elle s'habitue à ces attouchements. Parfois, quand Maria écoute ce qu'elle explique à sa fille, elle pose sa main sur son épaule. Ses beaux cheveux bruns lui frôlent la joue. Un soir, en partant, pour la remercier de l'excellente note qu'a obtenue sa fille, elle lui fait la bise en avançant tout juste assez son buste pour que leurs seins, à travers leurs pulls, se touchent. Elle sent sa main sur sa hanche.

Une autre fois, au lieu de poser sa main sur son épaule, elle la glisse sur sa nuque, derrière le col de son chemisier; elle se retourne brusquement et est saisie par son regard ardent et sa bouche pulpeuse. Elle lui rend son sourire et revient aux maths, affolée par le désir qu'elle éprouve.

Béatrice se pose des questions. Et si tout cela n'était que de l'instinct maternel? Elle est bien innocente! Bien gênée aussi. Non pas par son corps de femme, mais plutôt par l'influence qu'il a sur ses sens. Elle se retrouve en quelque sorte spectatrice de cette sensualité qui monte en elle, et l'évolution de cette situation lui fait peur.

Ce soir, en arrivant sur le pas de la porte, elle se souvient subitement que son élève est partie en classe de neige — son père lui a d'ailleurs téléphoné au cours de la semaine pour l'en avertir. Maria la voit arriver et lui ouvre la porte avec un sourire radieux. Elle la fait entrer presque de force en lui attrapant le bras, lui disant qu'elle doit lui parler. Béatrice croit qu'elle veut se soulager, se confier; elle accepte, mais pour peu de temps.

Maria tient à lui offrir à boire et à la débarrasser de son manteau. Pendant qu'elle avale une gorgée de liqueur, Maria lui explique, en s'approchant du canapé, que sa présence est devenue plus que bienfaisante pour elle, presque une nécessité. Son médecin, mis au courant, a approuvé et elle l'invite à passer ses prochaines vacances en Espagne avec elle, en copine. Interloquée, gênée, mais aussi agacée par ce qui lui semble être un petit chantage sentimental, elle lui répond qu'il faut qu'elle y réfléchisse, et que tant que sa fille aurait besoin d'elle, elle sera là.

La dernière gorgée de liqueur avalée, Béatrice s'apprête à partir quand, brusquement, Maria se penche vers elle et, du bout des lèvres, cueille la goutte de liqueur qui perle à la commissure de sa bouche. Face à face, à quelques centimètres l'une de l'autre, elles s'observent dans le fond des yeux. Béatrice est toute rouge; Maria, le regard ardent et interrogateur, attend sa réaction. Celle-ci la surprend encore aujourd'hui: elle lui montre l'autre côté de sa bouche où perle une autre goutte de liqueur!

Maria y écrase sa bouche brûlante. Son visage s'épanouit à vue d'œil. Un de ses bras enlace les épaules de Béatrice et une main se pose sur son ventre. Une onde pétillante lui parcourt le corps. Du bout de la langue, elle lui caresse les lèvres. Les yeux fermés, Béatrice se laisser aller. Profitant de sa passivité, Maria lui prend la main et la glisse dans son chemisier. À travers un très fin soutien-gorge, Béatrice sent une boule de chair pleine et ferme. Sa paume devient moite et électrique. Inconsciemment, elle commence à malaxer et à triturer.

Maria prend sa bouche à pleines lèvres. Une houle s'empare des reins de Béatrice. Maria se met à genoux sur le canapé; le sein gauche de Béatrice est entre ses doigts; elle sent ses fesses sur ses cuisses nues. Puis elle lui relève la jupe, lui retire pull et soutien-gorge. Ses doigts glissent sous ses aisselles et ses paumes malaxent sa poitrine. La bouche de Maria parcourt tout le corps de Béatrice. Sa langue glisse entre ses dents, lui lèche les lèvres.

Les mains de Béatrice entrent en contact avec les cuisses de Maria et remontent sous sa robe jusqu'aux hanches. Puis, elles glissent sous le slip pour enfin lui caresser les fesses. Après un baiser ardent, Maria lui prend la main pour l'amener à sa chambre.

Avant d'y entrer, Béatrice saisit sa copine par les épaules pour l'embrasser avec passion, lui montrer son bonheur. Les deux femmes s'enlacent. Maria relève la jupe de Béatrice, qui sent soudain une main se plaquer sur le devant de sa culotte. Son cœur se serre. Durant une seconde, elle étouffe. Maria l'aide à s'allonger sur le lit et finit de la déshabiller.

Elles sont nues. Soudain, Maria place sa tête entre les jambes de Béatrice, qui n'a jamais imaginé pareille situation. Cela la trouble. D'autant plus qu'un violent plaisir l'envahit. Elle se surprend alors à écraser ses seins de ses mains, puis à lui presser plus fortement la tête sur son sexe. Maria grimpe sur le lit et, tout en continuant à fouiller sa vulve de sa langue et de ses lèvres, elle pivote jusqu'à chevaucher Béatrice. Ses genoux s'écartent et les poils de sa chatte lui chatouillent le nez. Béatrice comprend ce qu'elle veut, mais elle ne peut pas. Maria se retire et son regard devient interrogateur; Béatrice lui répond d'une petite grimace timide. Cette candeur doit l'exciter, car un baiser fougueux au goût salé vient clore leur conversation muette.

Béatrice sent alors le contact du genou de Maria entre ses cuisses, et ce contact devient frottement. L'excitation recommence à monter dans ses reins. Instinctivement, elle enlace sa cuisse de ses jambes. Les mains et la bouche de Maria sont partout sur son corps. Dans une explosion de jouissance, Béatrice ne peut s'empêcher de crier.

Maria n'arrête pas pour autant de s'agiter. Elle lève son genou, le lèche, puis elle porte sa bouche à sa vulve et, goulûment, avale toutes ses sécrétions intimes. Quelques instants plus tard, sous l'action de la langue de Maria, un autre orgasme étreint Béatrice et la fait se cambrer au point de soulever sa copine.

Une fois la vague retombée, les deux femmes s'embrassent, côte à côte, tout en se caressant l'une l'autre. Peu à peu, les hanches de Maria glissent entre ses genoux; Béatrice finit par l'enlacer de ses jambes. Les poils et la moiteur de sa vulve lui électrisent la cuisse. Béatrice la guide pour qu'elle puisse la chevaucher à nouveau. Elle passe une main entre ses cuisses et imprime au bassin de Maria, de l'autre main, un mouvement de va-et-vient. La sensation de ce sexe entre ses doigts, qui se frotte et qui mouille, attise son désir. Les mouvements deviennent intenses. Un de ses doigts arrive à caresser délicatement l'anus de Maria, tandis qu'elle accueille deux doigts dans son sexe. La transpiration perle, dégouline. Leurs corps glissent l'un sur l'autre. Les odeurs qu'elles dégagent les excitent encore plus. La tension sexuelle monte et la violence de leurs orgasmes simultanés les renverse.

Une pause, très longue, silencieuse, leur permet de récupérer. Béatrice sent sa main gluante, mouillée du nectar de Maria. Elle amène cette main à son visage pour la sentir et se sert de cet onguent pour masser et lubrifier ses seins. Maria sort tranquillement de sa torpeur, frôle de sa langue la poitrine de Béatrice, approche son visage du sien pour la remercier d'un plaisir dont elle rêvait depuis longtemps. Pour toute réponse, Béatrice colle sa bouche à la sienne, leurs langues se mêlent, s'entremêlent.

Béatrice et Maria se connaissent de mieux en mieux.

Béatrice pense déjà aux vacances en Espagne...

L'homme de ses fantasmes

Elle a trente-cinq ans. Elle est mariée depuis douze ans à un homme qui en a maintenant cinquante. Elle l'adore, mais, avec les années, la lassitude s'est installée dans leur couple sur le plan sexuel. Il ne la comble plus comme son tempérament l'exigerait...

Catia a le même corps qu'à vingt-cinq ans: ses seins et ses fesses sont bien fermes; sa taille est fine; ses hanches, galbées; son ventre, délicatement bombé; plus bas, s'épanouit le triangle épais et fourni de sa chatte blonde. Elle sait que c'est sa silhouette, qu'elle a d'ailleurs toujours cherché à mettre en valeur, qui lui vaut, de la part des hommes, des attentions très directes: sifflements admiratifs, clins d'œil très appuyés, et même parfois propositions directes et sans équivoque.

Bien sûr, Catia a eu quelques aventures avant son mariage, mais durant les premières années de celui-ci, elle est restée fidèle. Quand l'ardeur de son mari s'est mise à fléchir, elle a recommencé à se masturber, habitude qu'elle n'avait d'ailleurs jamais complètement perdue depuis son adolescence. Il lui arrivait de se caresser plusieurs fois par jour, tout d'abord en regardant les photos de magazines pornos dont son mari raffole. Petit à petit, elle en est toutefois venue à se caresser longuement, en fantasmant sur des hommes qu'elle connaissait et avec qui elle aurait aimé faire l'amour.

C'est à peu près à ce moment-là que s'est installé un jeune couple dans la maison d'en face. Ils ont rapidement sympathisé, comme le font habituellement les voisins de ces petites villes tranquilles de banlieue. Âgés respectivement de vingt-trois et de vingt-six ans, elle était institutrice et lui fonctionnaire. Très vite, Catia a eu le béguin pour lui, Alain, un beau brun aux yeux bleus, pas très grand mais bien fait. Il lui a plu tout de suite et elle se dit que si l'occasion se présentait, cette fois-ci, elle ne la laisserait pas passer. Mais, contrairement à ce qui se passait pour les autres hommes, elle ne semblait pas lui faire beaucoup d'effet, ce qui exacerbait son désir de faire l'amour avec lui.

L'homme de ses fantasmes prenait d'ailleurs de plus en plus souvent son visage. Quand son mari lui faisait l'amour, elle arrivait, en fermant les yeux, à s'imaginer que c'était l'«autre» qui la baise, ce qui lui donnait de violents orgasmes et qui ravissait son époux, loin de se douter que ce n'était pas vraiment avec lui qu'elle jouissait. Elle allait même jusqu'à se masturber, nue, debout devant la fenêtre de sa chambre, en regardant par l'interstice des stores, son beau voisin en train de laver sa voiture. Il était en short et elle devinait, sous le tissu, la bosse de son sexe. Le temps qu'il finisse son travail, elle avait joui trois fois, les jambes flageolantes de jouissance, et pourtant de désir inassouvi.

Un jour, elle apprend que son épouse part pour une semaine dans sa famille.

C'est le surlendemain que tout arrive.

Il est neuf heures du matin. Elle vient de se lever et prend son petit déjeuner quand elle entend frapper à la porte. Elle va ouvrir. C'est Alain. Catia devient rouge de confusion à sa vue, car elle ne porte qu'une chemise de nuit transparente et un léger peignoir. Son voisin lui demande si elle peut lui prêter un peu de café.

Catia est seule, son mari ne rentre pas avant la fin de l'après-midi. Soudain, de folles pensées se mettent à tournoyer dans sa tête. Elle bredouille quelques mots pour lui signifier qu'elle lui prépare un café. Il la suit dans la cuisine, en s'excusant de la déranger. Elle a la tête qui bourdonne. Comme une automate, elle met une tasse sur la table sans penser à lui dire de s'asseoir. Elle se penche un peu pour lui verser son café et le sent debout, derrière elle. La cafetière glisse presque de ses mains tremblantes. Catia réussit à la poser sur la table et se redresse en se retournant. Il est tout contre elle.

Leurs regards se croisent un court instant avec intensité.

Sans trop savoir comment cela se produit, elle se retrouve dans ses bras, serrée contre son corps, la bouche fouillée par sa langue chaude qui s'enroule à la sienne. Son peignoir est ouvert et elle sent à travers sa chemise de nuit la dure proéminence de son sexe bandé. Alain promène sa main le long de son corps, puis il la remonte sous la nuisette, très lentement, en caressant ses cuisses, pour enfin s'arrêter sur le buisson ardent de sa chatte nue. Un court instant, il la frôle de la paume, puis elle sent un de ses doigts s'insinuer lentement mais fermement entre ses grandes lèvres, déjà humides de plaisir. Il se met alors à la branler, caressant le bouton du bout de son doigt. Elle se laisse faire, follement heureuse, écartant même les cuisses pour lui faciliter l'accès à sa fente ruisselante.

— Tu veux... Tu veux que je te fasse l'amour? murmure-t-il.

— Oui... Oui... Mais pas ici... Viens... répond-elle dans un chuchotement.

C'est toujours enlacés qu'ils se retrouvent dans la chambre à coucher. Debout l'un contre l'autre, leurs bouches se fondent à nouveau dans un baiser encore plus passionné. D'une main impatiente, il retire son peignoir et soulève sa nuisette jusqu'à ses seins tendus de désir. Il les caresse lentement, l'un après l'autre, en faisant saillir exagérément les pointes, déjà pourtant très longues naturellement. Sa main redescend sur son ventre, puis s'arrête entre ses cuisses, et il la branle à nouveau. Elle n'en peut plus d'attendre.

D'une main fébrile et impatiente, elle ouvre son jean et sort sa queue; elle est chaude, dure et tendue. Catia se rend compte qu'elle est plus grosse et plus longue que celle de son mari. Amoureusement, sa main se met à aller et venir tout le long de sa grosse verge en la décalottant entièrement. Elle descend jusqu'à la racine pour aller caresser et envelopper de sa paume la masse duveteuse de ses grosses couilles.

— Viens maintenant! Prends-moi, j'ai envie... laisse-t-elle fuser dans un soupir.

Catia retire elle-même sa nuisette, et, complètement nue, elle se laisse tomber sur le lit, cuisses largement écartées, genoux relevés, s'offrant ainsi totalement à lui. En moins de temps qu'il n'en faut pour le dire, les yeux rivés sur son entrecuisse, il se débarrasse à son tour de son jean et de son t-shirt. Elle le voit entièrement nu; elle regarde surtout sa queue, très grosse, très longue, qui lui touche presque le ventre tant il bande. Il s'allonge entre ses cuisses, se guide d'une main adroite. Elle sent sa queue, chaude, tendue, se glisser entre les lèvres de sa vulve. Tremblante de désir, elle attend l'estocade. D'un bras passé sous ses reins, il la soulève, et elle sent sa queue s'enfoncer dans son bas-ventre, tandis que d'un coup de reins, elle se propulse vers lui, l'absorbant jusqu'à la racine.

Leurs bouches et leurs langues se mêlent à nouveau, tandis qu'à coups de reins puissants il commence à la baiser. Des idées follement érotiques tournoient dans sa tête.

«Ça y est, se dit-elle, il me baise! Je me fais baiser par Alain. J'ai sa grosse queue dans ma chatte, je fais mon mari cocu pour la première fois. Oh! que c'est bon de se faire sauter par un autre!»

Elle se sent partir; elle sent monter la formidable jouissance qui va la secouer. Elle ne peut retenir les mots qui lui viennent à la bouche.

— Tu me baises bien, oh! que tu me baises bien! C'est bon, c'est trop bon... Allez, baise-moi bien à fond! Depuis le temps que j'avais envie de me faire baiser par toi... Fous-moi tout dedans, décharge... Vas-y... Je vais jouir, je vais jouir, je... jouis!

Fouettés tous les deux par les mots qu'elle prononce, ils jouissent en même temps. Elle prend un pied formidable, secouée de spasmes intenses, pendant qu'elle sent les lourdes giclées de son sperme lui inonder la chatte. Rivés l'un à l'autre par la bouche et par le sexe, ils restent longtemps ainsi, profondément emboîtés. Par des contractions de son vagin sur sa verge encore tendue, elle finit de lui vider les couilles.

Ce matin-là, il la baise trois fois; chaque fois, elle le suce pour le faire rebander.

Le lendemain, bien sûr, il revient. Elle commence par lui faire une telle fellation qu'elle le fait éclater dans sa bouche; elle avale son sperme jusqu'à la dernière goutte, pendant qu'il lui lèche la chatte. Ils baisent une bonne partie de la matinée.

Pendant les sept jours de l'absence de sa femme, ils vivent tous deux des moments qui resteront inoubliables. Elle se donne à lui de toutes les manières et dans toutes les positions.

Quelques mois plus tard, Alain et sa compagne déménagent dans une autre ville. Catia aimerait juste qu'il pense à elle autant qu'elle pense à lui.

Sous les yeux de son mari

Elle a trente-quatre ans. Elle est grande, mince et a des formes là où il convient. C'est une belle jeune femme avec beaucoup de charme et de classe. C'est aussi une épouse affectueuse, intelligente et réservée. Lui a quarante ans. Il est comptable dans une grande entreprise, un rien enrobé, mais jeune de corps et d'esprit. Leur histoire est celle d'un couple tout ce qu'il y a de plus normal, presque banal.

Mariés depuis neuf ans, ils s'aiment sincèrement et leur vie de couple a toujours été harmonieuse; ils ont une adorable petite fille de trois ans et ils forment ce que les gens ont coutume d'appeler un couple idéal.

Leur vie est aisée, douillette, mais pas bourgeoise, un rien anticonformiste, et plutôt intello. En neuf ans de mariage, pas la moindre aventure extraconjugale. Quand on dit qu'ils forment presque un couple banal...

Pourtant, dans tout cela, rien de monotone; ils vivent beaucoup de fantaisie et ont une très grande franchise l'un envers l'autre. Ils pratiquent et goûtent mutuellement tout ce qu'un couple uni peut vivre dans une sexualité épanouie et heureuse. Ils n'ont jamais éprouvé le besoin d'aller voir ailleurs; voilà pourquoi leur fidélité va de soi.

Sarah et Jean décident de prendre des vacances au soleil pour s'évader d'un hiver assez pénible. Imaginez un village de vacances avec de petits chalets, au milieu d'un immense jardin plein de fleurs, des cocotiers, une mer chaude et le soleil. Et puis, la découverte du Mexique véritable, ses couleurs, ses parfums, sa musique, la bonne humeur et la simplicité naturelle des gens, tout cela exerce sur eux un étrange effet aphrodisiaque.

Ils passent leur temps sur la plage ou au lit, mais pas souvent à dormir. Sarah se montre passionnée, gaie, épanouie, planant dans une sorte d'euphorie, ce qui tranche avec sa réserve habituelle. Elle est friponne et même un tantinet sexy, ce qui n'est pas du tout pour déplaire à Jean.

En raison de la chaleur, ils sont, la plupart du temps, vêtus d'un simple maillot de bain. Elle laisse en liberté une poitrine généreuse au galbe ferme, ne conservant qu'une minuscule culotte qui couvre tout juste son pubis, qu'elle a d'ailleurs pris soin de raser complètement; le vêtement dévoile sans pudeur, par-derrière, une croupe rebondie. Blonde naturelle, Sarah a une peau très blanche, laiteuse, qui supporte mal les coups de soleil; elle prend soin de ne pas trop s'exposer à ses rayons, se contentant d'un hâle très léger.

Jean trouve sa femme particulièrement appétissante ainsi et, de toute évidence, il n'est pas le seul, à en juger par les regards admiratifs et gourmands des hommes et par les mines ombrageuses de leurs compagnes. Sarah est heureuse de constater qu'après une maternité, elle n'a rien perdu de sa séduction. Le soir, elle prend d'ailleurs plaisir à s'habiller de façon un peu provocante, avec des corsages transparents ou des décolletés profonds — après tout, ils sont loin des contingences de leur ville de province un peu pudibonde.

Cela dit, son comportement aguichant s'arrête à ces innocentes excentricités vestimentaires; aucune équivoque ne peut laisser espérer quoi que ce soit aux regards admirateurs. Bien au contraire, elle se montre en public aussi amoureuse de son compagnon qu'en privé. Il n'y voit donc rien à redire. Le soir, ils sortent en discothèque. Pour danser, dès qu'il s'agit d'un slow, elle se montre possessive et exclusive, et cela malgré l'ambiance décontractée.

Mais ils ne cherchent pas à fréquenter d'autres touristes; pour tout dire, ils se suffisent en quelque sorte à eux-mêmes.

En revanche, sur la plage, ils ont fait la connaissance de quelques jeunes Mexicains dont ils apprécient la gentillesse. Apparemment, la sympathie est réciproque et, peu à peu, la confiance s'installant, ils ont été admis dans leur petit groupe. La journée, ils participent à leurs jeux sur la plage, ils vont se balader ensemble dans le village tout proche, sont même invités à prendre la traditionnelle tequila dans la famille de l'un, et à partager les tapas dans la famille de l'autre. Ils se trouvent parfaitement à l'aise dans cette ambiance typiquement mexicaine.

Ils terminent généralement l'après-midi ensemble au bar du complexe hôtelier. Bien sûr, la plupart de ces jeunes s'y rendent pour draguer les touristes esseulées ou en mal d'exotisme. Les jeunes Mexicains font parfois la conquête de jeunes filles à peine sorties de la puberté, mais, plus souvent, celles qui repartent à leur bras sont plus âgées qu'eux; ce sont de bonnes bourgeoises «bien comme il faut», venues là seules, mais retrouvant enfants et maris une fois de retour au bercail. Envers Sarah et Jean, jamais une avance ou un geste déplacé; ils voient bien qu'ils sont très unis et ils respectent leur intimité.

Parmi eux, il y en a un plus âgé, pas loin de la trentaine; il s'appelle Miguel. Il paraît moins turbulent, plus réservé; c'est un beau garçon, superbement bâti, avec une excellente éducation et une distinction naturelle. Au contraire de ses amis, il ne laisse jamais de côté sa réserve; il plaisante, se montre toujours gentil, mais il dédaigne les avances que lui font certaines femmes.

Sarah et Jean entretiennent avec lui une camaraderie moins superficielle qu'avec les autres, abordant quelquefois des sujets sérieux. Il est réfléchi et intelligent, et il a d'ailleurs séjourné à Montréal pour ses études. Ce garçon semble leur porter une amitié sincère; Sarah, de son côté, apprécie beaucoup sa gentillesse. Un jour, en plaisantant, elle reconnaît que sa beauté ne la laisse pas insensible tout en assurant son époux qu'il ne s'agit là que d'une considération d'ordre purement esthétique.

Ils sont à quelques jours de leur départ.

Un après-midi que Sarah est retournée au chalet pour se changer, Jean se retrouve seul au bar en compagnie de Miguel, qui a l'air taciturne. Soudain, profitant de l'absence de Sarah, ce dernier se met à lui faire des compliments sur elle. Un moment, Jean croit qu'il a trop bu, mais il s'aperçoit vite qu'il parle sérieusement. Miguel lui dit combien il la trouve belle, magnifique; qu'elle a pour lui toutes les qualités et que Jean a bien de la chance qu'elle soit amoureuse de lui, tout cela en termes aussi directs qu'empreints de délicatesse. Pour finir, il confie à Jean que depuis qu'il l'a vue, il n'a aucune envie de s'intéresser aux filles qui lui tournent autour, et que si elle était venue seule, il aurait tout tenté pour la séduire. Il est manifestement attristé par leur départ prochain. Jean comprend alors les raisons de sa réserve vis-à-vis des femmes: Miguel s'est amouraché de la sienne!

Bien sûr, il est stupéfait par cette déclaration en règle. Lui dire ça, à lui, le mari, il trouve cela culotté! Mais ils sont au Mexique, avec une mentalité bien différente. Et respectueux de sa franchise, l'époux s'entend à le réconforter tout en s'appliquant à lui faire entendre raison.

Plus tard, au dîner, Jean raconte à sa femme, dans le menu détail, les confidences de son «soupirant». Elle croit d'abord à une plaisanterie, puis, réalisant que c'est sérieux, elle est visiblement troublée par cette nouvelle.

Le soir, Miguel a retrouvé son *self-control*, mais Jean remarque que sa femme est moins gaie que d'habitude, et même un peu songeuse. Vers une heure du matin, au cours d'un slow, elle lui déclare qu'elle souhaite parler seul à seule avec Miguel car toute cette histoire la chagrine. Elle ne veut pas que le jeune homme souffre bêtement et elle pense pouvoir le raisonner.

Ayant toute confiance en son épouse, Jean s'éclipse discrètement vers leur chalet. Serein, il lit un moment, mais comme il ne la voit pas revenir au bout d'une heure, l'appréhension le gagne. À trois heures du matin, rompu de fatigue et malgré son inquiétude croissante, il finit par s'assoupir en laissant la lumière allumée.

Puis à quatre heures du matin, il est réveillé: Sarah rentre accompagnée de Miguel. Elle est toute défaite; ses vêtements sont en désordre et ses cheveux trempés sont collés à son front. Avant qu'il puisse dire un mot, elle se jette à son cou et lui avoue qu'elle a passé tout ce temps sur la plage en compagnie de Miguel. Elle a eu autant envie de lui que lui d'elle; elle s'est laissée aller et elle a même pris l'initiative. Elle ne veut pas voir Jean malheureux, elle l'aime, mais Miguel, à sa façon, a su la rendre heureuse. Elle ajoute qu'elle assume entièrement la responsabilité de ses gestes, mais elle espère qu'il comprendra, tout cela dit d'une voix mal assurée et pleine d'émotions.

Jean se sent comme dans un rêve, pour ne pas dire dans un cauchemar, abasourdi tant par les événements, les aveux directs et sincères de sa femme que par sa confiance en lui. La seule chose intelligible qu'il réussit tout d'abord à articuler est:

— Mais tes cheveux sont tout mouillés!

Sarah lui avoue avec candeur qu'ils se sont baignés et qu'ils ont fait l'amour dans l'eau, mais que, maintenant, elle a un peu froid. Miguel ne dit mot, il a l'air d'un chien battu, n'osant pas le regarder en face et grelottant lui aussi.

Que faire dans une telle situation? Un esclandre? Les mettre tous les deux dehors?

Tout se bouscule dans sa tête, mais il s'efforce de garder son calme et de se montrer à la hauteur de la sincérité de sa femme. Il pense d'abord à sauver la face, se disant qu'il aviserait plus tard. Il invite Miguel à entrer, et pour les réchauffer, il leur propose de boire un peu d'alcool.

Bientôt la tension faiblit un peu, il ne pense qu'à rester *cool*. Son attitude volontairement détendue les rassure. Sarah interprète d'ailleurs son attitude comme la preuve que sa confiance en lui est justifiée. Par là même, il sait qu'elle veut montrer à Miguel que la solidité de leur couple n'est pas remise en cause par ce qui vient de se passer entre eux. Comme s'il s'agissait de la chose la plus naturelle du monde, devant un Miguel complètement éberlué à son tour, elle se met en tête de raconter à son mari tout ce qui s'est passé depuis qu'il les a laissés à la discothèque.

Jean réalise alors pour la première fois comment un attrait physique entre un homme et une femme peut être irrésistible et faire transgresser la fidélité la mieux ancrée. Toujours est-il que Sarah et son amant d'un soir semblent maintenant se sentir plus à l'aise en sa présence. Sarah, assise entre eux au bord du lit, leur prodigue tour à tour des marques de tendresse, sans se soucier de l'incongruité d'une telle situation.

Comme les amants portent des vêtements souillés, qu'ils ont du sable sur la peau et dans les cheveux, Jean leur conseille d'aller prendre une douche bien chaude pour éviter qu'ils attrapent froid.

— Chéri! Tu veux bien laisser Miguel prendre une douche?

Que peut-il bien faire d'autre sans enfreindre les lois élémentaires de l'hospitalité?

Par la porte restée ouverte, il peut les entendre s'amuser comme des enfants; de toute évidence, ils sont en train de se savonner mutuellement. Puis, ils reviennent ensemble dans la chambre, entièrement nus!

Malgré l'heure fort tardive, Sarah semble en pleine forme, évoluant dans la chambre tout naturellement, comme elle l'aurait fait en sa seule présence: resplendissante de féminité épanouie, sa peau laiteuse légèrement rosie par l'eau chaude, ses seins en poire gonflés, dressés avec arrogance, une taille d'adolescente débouchant sur des hanches bombées, un long ventre plat finissant sur un pubis glabre de toute pilosité. Elle est rayonnante: son visage est illuminé d'un sourire ingénu, ses yeux sont brillants et coquins. Miguel continue de la dévorer des yeux. Jean en éprouve une jalousie trouble, mêlée de fierté légitime; il est vrai qu'il est difficile d'être plus désirable que sa femme dans le plus simple appareil! Il ne peut non plus s'empêcher de jeter un coup d'œil sur Miguel. Il est effectivement bien bâti, élancé, le corps d'un athlète coureur de fond, les muscles saillants sous une peau mate, une pilosité rare.

Mais ce qui le frappe le plus, c'est l'importance des attributs qu'il arbore en dessous de la ceinture. Il en est médusé. Dame Nature s'était montrée particulièrement généreuse avec lui; on aurait même pu dire exagérément prodigue! En bas de son ventre, pend une queue longue d'une quinzaine de centimètres au repos et d'une épaisseur d'au moins quatre centimètres. La hampe est parfaitement régulière, bien droite et cylindrique, comme sortie d'un moule. Chez tout autre que Miguel, être affublé d'un tel engin aurait pu paraître à la limite de l'infirmité, mais en raison de sa constitution élancée et athlétique, cela est proportionné et presque esthétique. Le membre majestueux est soutenu en position oblique par des bourses énormes débordant largement sur les côtés, chacune de la taille d'un gros œuf de poule!

Ce spectacle inspire à Jean plusieurs sentiments. D'abord de la jalousie et de l'envie. Bien qu'il soit lui-même bien monté, il lui faut convenir qu'en comparaison, il a tout lieu de rester modeste: il n'est pas de taille à se mesurer sur ce terrain-là. Il ne peut non plus s'empêcher d'imaginer ce que peut devenir une telle verge en érection; cette pensée le saisit d'appréhension. Serait-ce une arme redoutable, un véritable instrument de torture? Et il est effrayé à l'idée que le petit ventre plat et délicat de sa tendre épouse ait pu être investi par ce dard gigantesque. Bien sûr, il fait mine de rien et garde pour lui ces réflexions... inquiétantes.

D'autant que la bonne humeur de son épouse est communicative. La tequila aidant, elle ne se gêne plus le moins du monde pour se montrer tendre avec son amant, qui le lui rend bien. Miguel embrasse Sarah à pleine bouche; il s'aventure même à lui peloter gentiment les seins et les fesses, tout cela sous les yeux de Jean, comme s'il s'agissait de la chose la plus naturelle du monde! Il faut dire que sa femme ne se montre pas avare de gestes tendres, non plus!

Fourbu, Jean souligne qu'il est temps de songer à se reposer. Son épouse lui demande alors tout de go la permission de laisser Miguel dormir chez eux. Il n'a même pas le réflexe de refuser, d'autant que, sur le plan pratique, cela ne pose pas de problème puisque leur chambre vaste comporte deux grands lits disposés à angle droit.

Miguel semble tout heureux de pouvoir rester avec eux; fort sagement, il se couche dans un lit, tandis que Sarah, en parfaite épouse, retrouve son mari dans l'autre. Elle se love amoureusement contre lui. Il l'imagine exténuée, mais elle lui fait comprendre qu'il n'en est rien.

À vrai dire, la situation est diablement excitante, surtout avec Miguel, qui dort maintenant paisiblement sur le lit voisin en ronflant légèrement. Ils font l'amour avec une intensité qu'ils n'ont pas connue depuis longtemps. Elle se laisse entraîner dans le plaisir sans retenue, assurant son époux de son amour et lui prodiguant toute l'affection d'une femme sincèrement éprise. Elle connaît un orgasme impétueux qui la met hors d'haleine et la laisse pantelante. Après, ils restent longtemps enlacés à savourer leur intimité retrouvée. Au bout d'un moment, sa femme lui demande, toute câline:

— Ça t'ennuierait si j'allais dormir à côté de Miguel? J'aimerais qu'il me trouve près de lui à son réveil...

Que peut-il rétorquer à cela? Non sans la traiter d'adorable «petite salope», il la laisse partir en lui donnant une gentille claque sur les fesses. Puis, il s'endort presque aussitôt. Il ne faut cependant guère de temps pour qu'il soit réveillé en sursaut dans un hurlement. Il se dresse sur son lit, hagard, pour se rendre compte que, dehors, il fait plein jour, même si les stores laissent la chambre dans la pénombre. Pas de doute: le cri qui l'a réveillé ne vient pas de l'extérieur, mais du lit voisin. Maintenant, ce sont des gémissements rauques, des plaintes brèves parfaitement audibles.

C'est la voix de son épouse, mêlée de respirations lourdes, toutes proches.

Intrigué, il allume la lampe de chevet. Juste en face de lui, il voit le corps mat de Miguel sur sa femme. Ils sont immobiles, collés l'un à l'autre. Le contraste est saisissant entre le mat de la peau de Miguel et la blancheur laiteuse de celle de sa femme. Elle est couchée sur le ventre, les bras en croix, sa croupe très haut relevée par des oreillers empilés sous elle; elle a les cuisses grandes ouvertes. Miguel la chevauche à califourchon, les mains agrippées aux épaules de sa monture. Une curiosité morbide surmonte son inquiétude et, rampant silencieusement sur son lit, Jean se rapproche à moins d'un mètre. C'est alors qu'il comprend: sous ses yeux incrédules, il peut voir les énormes couilles de Miguel ballotter et, en dessous, la mignonne petite chatte rasée et béante de sa femme... Mais vide! Sarah est tout bonnement en train de se faire sodomiser!

Il voudrait crier pour empêcher cela, mais la voix lui manque. Accroupi juste derrière eux, un spectacle d'un réalisme presque insoutenable est offert à son regard hypnotisé: la délicate petite rosette de sa femme, distendue à la limite de la déchirure et défoncée par un énorme pieu luisant qui coulisse lentement, mais puissamment dans ses chairs. Il y a une disproportion monstrueuse entre l'orifice et le corps étranger qui pénètre en force dans la brèche si étroite.

Cette pratique leur est familière, mais par expérience, il sait que son épouse est très fragile de ce côté-là. Or, il n'y a aucune commune mesure entre Miguel et lui! Maintenant, en pleine érection, le sexe de Miguel dépasse largement vingt-cinq centimètres; quant à l'épaisseur, c'est encore plus impressionnant! Cet engin démesuré lui laboure les entrailles et la besogne dans un lent mais puissant mouvement de piston. Lorsqu'il ressort, Jean distingue parfaitement l'auréole rose du sphincter resserré comme un élastique tendu à rompre autour de cette colonne de chair. Chaque fois que Miguel s'engouffre, il voit son épouse agitée d'un soubresaut accompagné d'un râle, comme un animal poignardé.

Mais son tortionnaire se montre impitoyable, il la possède à fond et, imperceptiblement, sa proie devient consentante à la torture infligée. Décidément, se dit-il, la sensualité féminine recèle des secrets insondables pour l'homme. Pour preuve, il en a l'étrange métamorphose qui s'opère sous ses yeux. Peu à peu, les râles et les plaintes de son épouse se transforment en soupirs, et la douleur cède progressivement au plaisir. Elle s'offre grande ouverte à son amant, qui parvient à la pénétrer de toute sa longueur jusqu'à la garde, les couilles venant claquer contre ses fesses. Chaque fois qu'il bute au fond du cul de Sarah, elle pousse un cri bref.

— Oui... Oui, comme ça... Je te sens... Je vais éclater... Plus vite! supplie-t-elle.

Bientôt, elle ne peut proférer que des mots inarticulés.

Le rythme devient endiablé, une chevauchée fantastique avec un cavalier qui arrive à peine à maîtriser sa monture emballée! Tout à coup, Sarah explose dans un feu d'artifice extraordinaire. Miguel s'enfonce en elle jusqu'aux couilles et se vide en poussant un sourd grognement de fauve. Tétanisée, Sarah pousse un grand cri rauque qui résonne dans la chambre comme la plainte ultime d'un animal terrassé à mort. Tout son corps est agité de spasmes violents et de soubresauts furieux qui, longtemps après, s'achèvent dans une inertie et un silence total. Son mari croit même un moment qu'elle s'est évanouie.

Quelques minutes plus tard, Miguel qui, en jouissant, s'était affaissé sur elle, se relève et se retire doucement de son cul, puis il s'agenouille près d'elle. C'est alors qu'il aperçoit l'époux. Pas gêné pour deux sous, il lui adresse un sourire complice, les yeux brillants de plaisir. Puis il se remet à caresser tendrement les fesses, le dos, les épaules et la nuque de Sarah.

Le mari est surtout fasciné par le spectacle de la croupe offerte de sa femme, restée surélevée dans sa position initiale. Au milieu de ses fesses d'un rose pâle, son anus tout congestionné est dilaté, formant un puits béant où un membre de taille normale pourrait s'introduire sans même qu'elle s'en aperçoive! Il se lève et va s'asseoir au bord du lit près de son épouse; il lui caresse tendrement les cheveux. Elle sent sa présence et tourne alors son visage tout trempé de sueur vers lui, lui adressant le plus radieux des sourires — un sourire qui en dit long sur sa félicité. Quelques instants plus tard, elle plonge dans un sommeil profond.

Après une douche, Miguel s'habille, puis sort de la chambre, non sans lui adresser un large sourire amical.

Jean a-t-il rêvé? A-t-il été victime d'une hallucination? La veille encore, ils coulaient une parfaite lune de miel, profondément épris l'un de l'autre, heureux, rassasiés de soleil et d'amour. Pris d'un doute, il écarte doucement le drap. Il doit se rendre à l'évidence, la réalité s'impose à son regard dans toute sa crudité: sa femme gît là, sur le ventre, abandonnée dans une posture indécente, les cuisses toujours ouvertes, ses adorables fesses rosies par les frictions et, au milieu, son œillet carmin, au rebord boursouflé. Il se remémore alors la scène et comprend d'autant mieux les raisons de l'intensité délirante de son orgasme lorsque Miguel a joui au fond du cul. Elle a été comblée par-delà l'imaginable.

Une foule de sentiments et d'impressions se bousculent dans sa tête: de l'admiration pour les aptitudes hors du commun de Miguel, de la reconnaissance même pour avoir su rendre sa femme aussi heureuse et comblée de plaisir; de la tendresse envers elle pour tant de candeur et de confiance en lui, en même temps qu'une certaine lassitude pour s'être livrée sous ses yeux, sans réserve, à un accouplement à tous égards outrancier. De l'appréhension enfin sur les conséquences que tout cela pourrait avoir.

En fait, il reste là, décontenancé, incapable de penser à quoi que ce soit de raisonnable.

Puis, reprenant ses esprits, il décide d'aller boire un café et de se baigner. Il referme doucement la porte derrière lui en prenant soin d'accrocher à la poignée l'affichette: *Ne pas déranger.*

L'employée soumise

Depuis quelques mois, elle travaille comme secrétaire dans une petite entreprise de communication. Dès le début, le patron, un homme d'une quarantaine d'années — très séduisant, il est vrai —, lui a porté un intérêt plus que professionnel. Elle est assez jolie et habituée à être sollicitée, mais la façon qu'il a de la regarder et de la déshabiller du regard a quelque chose de particulièrement audacieux et troublant. Elle n'ose en parler à son ami, car ils ont de la difficulté à s'entendre depuis quelque temps et elle ne veut pas ajouter d'inquiétude à cette relation déjà fragilisée.

Nadine est assise en face de lui. Elle remarque qu'il regarde ses jambes avec insistance tout en lui parlant. Ils achèvent l'examen d'un dossier.

— Vous ne portez pas de soutien-gorge et vous aimez montrer vos jambes, n'est-ce pas? lui dit-il, tout à coup.

Il est vrai que sa poitrine, très ferme, lui permet cette liberté, et qu'elle porte en outre des jupes plutôt courtes. Sans attendre sa réponse, l'homme poursuit.

— Portez-vous un slip?

Nadine se sent rougir, totalement incapable de répondre à une question aussi audacieuse que provocante. Après un moment de silence, il continue.

— Je comprends que vous ne puissiez pas répondre, dit-il. Levez-vous et donnez-moi les dossiers...

Elle se lève, se dirige vers son bureau et y pose les chemises.

— Relevez votre jupe... ajoute-t-il immédiatement, d'un ton à la fois très doux et très ferme.

Nadine est morte de honte, écarlate. Mais, sans savoir pourquoi, elle saisit le bas de sa jupe pour la relever jusqu'à la taille. Il ne fait aucun commentaire, mais sourit avec satisfaction. Il poursuit plus fermement, mais toujours avec une certaine gentillesse.

— Enlevez ce slip...

Est-elle folle ou inconsciente? Une force la pousse à obéir. Elle sent que ses mains ne lui appartiennent plus: elles saisissent ce slip pour le descendre. L'homme tend la main vers elle, lui demandant le vêtement. Elle le lui donne. Il est vrai qu'elle se sent ridicule avec cette culotte dans la main, et elle reconnaît en elle-même que, si elle se sent dominée, il n'y a aucun ridicule dans l'attitude de l'homme.

— À partir d'aujourd'hui, vous viendrez intégralement nue sous vos robes, ordonne-t-il. Je les aime beaucoup d'ailleurs, mais habillez-vous plus court, vous avez de très belles jambes...

Le reste de la journée, Nadine ne pense qu'à cette scène. Elle regarde aussi toutes ses collègues féminines, se demandant si elles aussi ont dû se soumettre à cette exigence. À midi, à la cafétéria, elle essaie même de plonger son regard sous les jupes de celles qui sont habillées court, mais sans succès...

Le lendemain, Nadine obéit. C'est exactement dans la même tenue que la veille qu'elle retourne à son travail. Lorsqu'elle se présente devant son patron, elle tremble légèrement et a du mal à lui répondre avec naturel. Elle s'attend à ce qu'il vérifie l'état de sa tenue intime, mais il n'en fait rien, se contentant de regarder ses jambes, comme s'il voyait à travers son vêtement. Au bout de trois jours, il se décide à intervenir.

— Je vous avais dit de vous habiller plus court. J'y compte pour demain, ou disons la semaine prochaine...

Ce qu'il y a d'extraordinaire, c'est que, sans demander à voir si elle a ou non son slip, elle a l'impression que, chaque jour, il s'assure de l'exécution de son ordre. Au bout de quelques jours, les sens exacerbés par la situation, c'est elle qui en vient à avoir envie qu'il lui demande de lui prouver son obéissance! Nadine ne s'explique pas cela: sans être pudibonde, elle n'a jamais été jusqu'à l'exhibition, mais maintenant, elle a envie de relever sa jupe devant cet homme qui la fascine de plus en plus. Elle ne parvient pas à savoir s'il lui suffit de la savoir nue ou s'il la fait simplement attendre.

Au fur et à mesure que ces quelques jours s'écoulent, elle sent qu'il peut, s'il le veut, obtenir de plus en plus facilement sa soumission à ses exigences. Aussi s'empresse-t-elle, dès le lundi suivant, de se présenter dans son bureau vêtue d'une robe exceptionnellement courte, conformément à sa demande. Son patron la complimente sur sa tenue et lui demande de se mettre debout sur une chaise. Puis il la fait tourner plusieurs fois sur elle-même, en lui demandant de bouger lentement. Elle se sent complètement exposée, impudique. Jamais personne ne l'a ainsi obligée à s'exhiber, et elle en est fortement excitée...

Comme sa robe est très évasée, l'homme peut facilement voir ses fesses et son sexe nus, et ce, pour la première fois.

— Vous avez conscience du spectacle que vous offrez, ainsi, en montant ou en descendant un escalier? lui dit-il alors.

Nadine répond que oui, bien sûr, et que cela l'oblige à porter une veste pour circuler dans les couloirs et pour aller dans les studios.

— Il n'en est pas question! rétorque l'homme d'un ton sec. Habillez-vous comme vous voulez pour prendre le métro, mais c'est dans cette tenue que je vous veux ici, et pas seulement dans mon bureau. Vous pouvez, bien entendu, compter sur mon intervention immédiate si quelqu'un vous importune de quelque façon que ce soit. Mais je veux, j'exige, que l'on puisse bien voir que vous ne portez rien sous vos robes lorsque vous circulez dans le bureau. Je vous fais confiance et je ne vous demanderai pas de me donner cette veste. Ce soir, je vous caresserai...

Toute la journée, Nadine s'arrange pour se déplacer le moins possible, mais il lui faut bien, au moins trois fois, porter des documents à l'étage du dessous et elle sent les regards intéressés des employés, qui remarquent cette robe ultracourte, s'arrêtant juste en haut des cuisses.

Le soir, l'homme la fait appeler comme convenu et lui ordonne à nouveau de monter sur la chaise. Toute la journée, elle a attendu cet instant. Elle tremble d'émotion. Un étrange et délicieux mélange de peur, d'humiliation, mais aussi de désir pour cet homme, lui fait espérer un contact. Après l'avoir encore fait tourner, pour bien la regarder, il pose sa main sur sa cheville. Elle frissonne. Puis, lentement, on ne peut plus lentement, sa main remonte le long de sa jambe, d'un mouvement régulier et inexorable, évitant son sexe pour serpenter le long de l'aine et atteindre presque l'épaule. L'ampleur du vêtement le lui permet sans difficulté.

Nadine a l'impression que cette seule caresse dure une heure! Elle se sent sombrer complètement. Les yeux fermés, elle s'abandonne totalement. Cet homme est un maître dans l'art de faire vibrer un corps. D'autant que, pendant tout ce temps, il ne dit mot.

— Je vous ai vue plusieurs fois aujourd'hui, sans que vous m'aperceviez, finit-il par dire. Vous êtes terriblement désirable dans cette robe, mais à présent, il faut la quitter. Mettez-vous toute nue!

Nadine s'exécute et, toujours perchée sur sa chaise, laisse tomber la robe au sol. Elle ne pense même pas que quelqu'un puisse entrer — d'ailleurs, il est plus de six heures. L'homme se place derrière elle et recommence plusieurs fois la même caresse en suivant des chemins différents, pendant que son autre main lui masse doucement la nuque, puis les joues, puis les lèvres. Peu à peu, il se rapproche de son sexe et des pointes de ses seins complètement dressées. Elle sent son sexe inondé.

Combien de temps s'écoule-t-il avant qu'il lui touche enfin le sexe et les pointes des seins? Elle ne peut le dire. Une heure, peut-être? Mais elle a, à ce moment-là, l'impression qu'elle va exploser. L'homme la maintient, avec un savoir-faire consommé, à l'extrême limite de l'orgasme. Mais, habileté — ou peut-être indifférence extrême —, il ne la fait pas jouir.

— Venez, dit-il soudain. L'attente est un plaisir en soi, nous allons d'abord souper...

Il lui tend la main pour qu'elle puisse descendre de la chaise, puis il lui donne son imperméable.

— Dépêchez-vous, je meurs de faim! lance-t-il.

Nadine feint de ne pas comprendre ce qui n'est que trop clair, et alors qu'elle reste saisie, l'imperméable à la main, il ajoute:

— C'est vrai, je regrette que vous n'ayez pas de bas, mais tant pis! Ce sera pour une prochaine fois...

Elle est totalement désarmée, mais elle enfile presque naturellement cet imperméable vert olive, d'un tissu très léger et fendu haut derrière. Elle part avec cet homme qui, sans être tout à fait inconnu, reste très mystérieux pour elle.

Lorsqu'ils commencent à marcher sur le trottoir, après s'être garés non loin de la place Ville-Marie, elle prend conscience que, sous cet imper, elle est complètement nue et vulnérable. Elle ne porte rien, pas même une paire de bas ou un foulard, simplement ses chaussures et son imper. Mais elle en éprouve en même temps une forte excitation, et cette sensation de vulnérabilité la fait serrer le bras de son patron.

Ils entrent finalement dans un bar pour prendre l'apéritif. Au vestiaire, Nadine refuse évidemment de laisser son imperméable. Comme la dame a l'air très surprise, son compagnon lui dit alors assez doucement pour n'être entendu que par elle:

— J'ai demandé à mon amie de ne pas mettre de robe ce soir. Nous regrettons...

Nadine se sent rougir violemment. Il vient carrément de révéler à cette femme qu'elle est toute nue en dessous, et à sa demande! Elle-même ne sait pas trop si elle doit sourire ou non. Puis ils se rendent au bar, où elle doit s'asseoir sur un tabouret.

Elle imagine sans peine sa situation: haut perchée, avec un imperméable fendu derrière et dont le bouton le plus bas arrive — malheureusement — à mi-cuisses. Elle remarque que plusieurs hommes la regardent, et pas spécialement droit dans les yeux. «Se rendent-ils compte que je ne porte rien dessous?» se demande-t-elle. Que ce soit le cas ou non, elle a, elle, l'impression que le monde la voit ou... le sait !

Après ce bar, où ils ne restent guère plus qu'une demi-heure, l'homme l'entraîne dans un restaurant situé à quelques centaines de mètres. Là encore, on s'étonne au vestiaire qu'elle ne se débarrasse pas de son imper; cette fois, son compagnon ne fait pas de remarque.

Au cours du repas, une nouvelle «épreuve» l'attend: il lui ordonne de déboutonner progressivement tous les boutons de son imperméable, à l'exception du dernier du haut, et cela, sans même tenter de la convaincre que sa nudité ne se verra pas ainsi! Elle cède, et presque avec plaisir. Elle garde son regard rivé à celui de cet homme qui pourrait presque lui demander de s'exhiber nue au beau milieu de la salle. Sous la table, elle sent sa main écarter les pans de son imper, et il lui dit alors, à voix très basse:

— Je ne vois rien de ma position, mais je vous sais, je vous sens nue et impudique — il appuie sur ces mots. C'est merveilleux. Vous me donnez beaucoup de plaisir...

Comme il lui fait face, elle se sait relativement protégée des regards, mais elle sait aussi que leurs voisins ont remarqué quelque chose d'étrange dans son comportement et, surtout, dans sa tenue. Elle se penche en avant, contre la table, pour que l'on ne s'aperçoive pas trop qu'à partir du bouton du haut — qui seul maintient encore son imper à peu près fermé — les pans s'écartent, laissant apparaître entre la poitrine et la ceinture, un triangle de peau. Un peu avant de partir, alors qu'ils viennent de prendre le café et le digestif, il lui dit à l'oreille:

— Surtout, ne changez pas de position, je m'absente une seconde...

Et il disparaît vers les toilettes. Elle demeure seule, manteau ouvert, complètement offerte aux regards.

C'est trop, et elle rabat les pans de son imper sur ses genoux, guettant l'arrivée de son patron.

Dès qu'elle l'aperçoit, elle écarte son vêtement. Mais il a vu son geste et revient vers la table, l'air décidé et sévère.

— Vous n'avez pas obéi, c'est dommage... Venez, ordonne-t-il simplement.

Ils partent presque aussitôt. Cette fois, il ne prête presque pas attention au fait qu'elle se reboutonne et rajuste son vêtement. Très vite, ils sont dehors. Il ne dit rien, tandis qu'ils marchent d'un pas normal vers sa voiture. Puis, il s'arrête brusquement.

— Je n'admettrai plus de désobéissance à l'avenir, affirme-t-il.

Quelques minutes plus tard, il ajoute:

— Ouvrez votre imperméable, vite...

Devant eux marchent un homme et une femme. À environ une centaine de mètres, où elle aperçoit deux autres couples venant vers eux. Elle sent battre ses tempes, ses mains tremblent, mais elle obéit. Oui! en pleine rue, à onze heures du soir, elle ouvre son manteau, mais elle remet vite ses mains dans ses poches pour éviter qu'il s'ouvre vraiment... L'homme semble accepter cette limitation.

Finalement, quand ils arrivent à dix mètres des deux couples qui viennent vers eux, l'homme lui dit de prendre son bras et de tenir la bandoulière de son sac de l'autre main. Elle sent que son imper s'ouvre de quelques centimètres et elle voit clairement que tous la regardent, la fouillent du regard. Même une fois qu'ils les ont dépassés, les quidams se retournent, rient, font des commentaires, mais elle tient bon, s'accrochant au bras de cet homme qui l'oblige à tant d'audace.

— Bravo! lance-t-il. Encore une dernière épreuve, et vous serez quitte pour votre insoumission de tout à l'heure...

Ils ne sont alors plus très loin de la voiture, garée dans une petite rue latérale. Lorsqu'ils sont à une cinquantaine de mètres de l'auto, il s'arrête. Elle lui tient toujours le bras. Au bout de la rue, un groupe de jeunes s'éloignent. À part eux, la rue est déserte. Dès qu'ils ont tourné le coin, l'homme lui dit d'un ton extrêmement dur:

— Donnez-moi votre imperméable...

Comme elle semble hésiter, il lui lance crûment:

— Allez, vite, ne faites plus la maniérée!

Malgré cette dernière parole blessante, Nadine obéit et se dénude dans la rue. Elle lui donne son imper, qu'il plie consciencieusement sur son bras, puis il lui dit de passer devant car il veut la contempler dans toute sa nudité. Elle a l'impression d'être complètement seule, elle n'entend plus que le claquement de ses propres talons, pas même le bruit de son «maître» qui la suit à pas presque feutrés. Elle est toute nue, simplement vêtue de ses chaussures, totalement soumise à un homme qui est aussi son patron.

La distance qui les sépare de la voiture lui paraît interminable.

— Doucement, dit-il, ou bien je vous fais faire un aller-retour...

Finalement, estimant sans doute qu'elle a vaillamment relevé l'épreuve, il lui ouvre la portière.

Depuis cette soirée, Nadine se soumet de plus en plus fréquemment à des fantaisies de ce genre. Presque toujours, son patron l'oblige à se déshabiller plus ou moins en public. Elle reconnaît qu'elle est totalement soumise à la volonté de cet homme.

Ce qui est étrange, c'est que, malgré toutes ces expériences partagées, il demeure une certaine distance entre eux; en d'autres mots, il reste le patron et elle, l'employée.

Pourtant, elle l'aime, comme on aime un amoureux.

Les doigts habiles

Ceux qui s'imaginent que seule une autre personne peut leur procurer du plaisir en les caressant, voire en les pénétrant, ne connaissent pas le plaisir de la masturbation. Plaisir solitaire certes, mais qui exige un art consommé du doigté et de l'effleurement, une sensibilité à fleur de peau qui s'apprend et se cultive. Mais ensuite... que de jouissances secrètes, que d'orgasmes gratifiants!

Liette a déjà parlé plusieurs fois de masturbation avec des copines. Bien sûr, c'est toujours un peu du genre: «J'en sais rien personnellement, mais il semble que...» N'empêche que, malgré tous ces faux-fuyants et ces mensonges, elle arrive tout de même à comprendre certaines choses, et elle est de plus en plus surprise au fur et à mesure qu'elle apprend.

Parfois, en écoutant ses amies, Liette a l'étrange impression qu'elles ont tout juste seize ans. À croire qu'elles n'ont pas évolué depuis leur adolescence! Elles ont vingt-cinq, trente ans et elles parlent de la masturbation telles des minettes qui viennent de découvrir un nouveau jeu. Comme si elles n'avaient rien vu, rien vécu!

Liette n'est pas plus intelligente qu'une autre, mais pourtant, il ne lui a pas fallu longtemps pour comprendre qu'il n'y avait pas grand-chose de commun entre baiser et se caresser, même si ça aboutit au même résultat: les doigts de pied en éventail, comme disait sa grand-mère!

Pour elle, une bonne baise avec un homme est quelque chose de tellement rare que ça tient presque du prodige. Bien sûr, elle parle du vrai «bon coup», celui qui laisse la gorge sèche, le corps en mille morceaux et la tête dans les nuages. Mais elle a connu plus que son lot d'amants qui l'ont laissée sur sa faim. Des caresses hasardeuses, des suçons mal placés, une léchouille au mauvais endroit ou pas au bon moment et c'est toute une partie de jambes en l'air qui perd de son intérêt. Pas à cent pour cent, elle ne voudrait pas exagérer, mais... un bon pourcentage quand même! Et c'est ça qui l'étonne le plus quand elle entend ses copines affirmer que, pour elles, le fin du fin, c'est d'arriver à l'orgasme. Avec un homme, bien entendu.

Elle, c'est quand elle est seule qu'elle retire le plus de plaisir.

C'est quand elle est seule qu'il n'y a rien de plus merveilleux.

La petite pression qui titille juste ce qu'il faut, ni trop fort ni trop tendrement, qui la maintient sur le bord extrême de la jouissance le plus longtemps possible avant de tomber, c'est ça qu'elle aime. C'est ça qu'elle trouve aussi trop rarement avec les hommes, et même avec les femmes, quoiqu'elle reconnaisse avoir moins d'expérience avec elles.

Alors, il y a longtemps que Liette a fait son choix: ce qu'elle préfère, c'est se masturber. Mais attention! pas le genre de petite branlette honteuse, vite faite mal faite entre deux draps avant de sombrer dans le sommeil. Non! Elle, quand elle se masturbe, elle joue carrément le grand jeu!

La première chose qui lui a toujours paru un peu timide chez ses copines, c'est la préparation. Elle ne parle pas des caresses préliminaires, mais des moments qui les précèdent. Le temps qu'elle passe à penser au plaisir qu'elle va ressentir. Ce qu'elle aime bien de ces moments-là, c'est que rien n'est encore précis. Comme une sorte d'état général un peu flou. Elle ferme les yeux et essaie de prendre conscience de son corps, de n'importe quelle partie de son corps —

en fait, toutes les parties de son corps sans exception.

Les unes après les autres.

Le sang qui bat dans la veine le long de son cou; les cheveux qui se hérissent sur sa nuque quand elle y passe les doigts; le volume tellement sensible de ses seins. Parfois, rien qu'en pensant à ses seins, elle a l'impression qu'ils deviennent plus lourds et plus fragiles en même temps. Et puis, son ventre devient vivant; il se met à vivre d'une vie autonome. Elle imagine les organes en elle, au bas de son ventre.

À partir de là, elle commence habituellement à être excitée. Il lui semble que son vagin est comme le cœur d'une plante, un cœur chaud et doux qui bat doucement, qui enfonce ses racines profondément dans son ventre. Elle sent la sève qui le gonfle. Quelque chose qui pousse à l'intérieur. Quelque chose qui veut s'épanouir. C'est presque toujours comme ça que ça se passe, d'ailleurs.

La sève coule de son sexe, sa chatte devient plus humide et plus sensible. Les lèvres gonflent en s'écartant l'une de l'autre. Son petit bouton devient plus nerveux. Elle a envie de se toucher, mais elle sait qu'il est préférable qu'elle se retienne encore. Parce que l'envie de caresser sa chatte grandit en même temps que sa sensibilité.

Petit à petit, c'est tout son corps qui a besoin de contact.

Selon l'endroit où elle se trouve — parce qu'elle peut se caresser dans n'importe quel endroit —, elle imagine des situations différentes. Elle frotte ses reins contre le dossier d'un fauteuil et ça devient quelque chose qu'elle ne connaît pas et qui l'emprisonne. Un truc qui l'irrite et qui l'attire. Si ses cuisses s'entortillent dans des draps frais, c'est comme une nappe liquide qui l'envahit progressivement. Quelquefois, elle imagine des mains qui la palpent, des doigts qui parcourent tout son corps. Des ongles qui la griffent ou qui la pincent avec tendresse.

Il y a toujours un moment où elle ne peut plus résister, où elle ne veut plus résister: il faut qu'elle se touche. Mais c'est si bon d'attendre sans savoir où ses doigts vont se poser qu'elle fait durer ce moment le plus longtemps possible. Jusqu'à ce qu'elle ne puisse carrément plus tenir!

Le premier contact est toujours bouleversant, quelle que soit sa manière de se toucher. Qu'elle pince avec la pointe de ses ongles le bout de ses tétons ou qu'elle pose sa main à plat sur le haut de son pubis, elle sait avec précision jusqu'à quelles limites elle doit appuyer avant que le plaisir se change en souffrance. Et ça, personne ne peut le savoir mieux qu'elle. Elle connaît l'endroit exact où ses mains doivent se placer pour lui procurer le maximum de plaisir. Alors, elle se caresse comme ça, en suivant les indications de son corps. Mais n'allez pas croire qu'elle le fait toujours de la même façon.

Bien au contraire!

Par exemple, elle agace le bout de ses seins, tout en caressant lentement le pourtour de son sexe — elle trouve à la fois exquis et éprouvant d'effectuer cette sorte de ronde tout autour de son clitoris, sans jamais le toucher. Pas même l'effleurer. Mais elle s'en approche d'assez près pour être sans arrêt sur le fil du rasoir. C'est avec deux doigts qu'elle fait ça, l'index et le majeur bien collés ensemble; elle les fait tourner très lentement autour de sa chatte. Quand elle veut que ça dure, elle fait des ronds à l'extérieur des grandes lèvres.

Elle ferme les yeux et c'est une autre main que la sienne qui lui masse le pubis et entre les cuisses. Elle ne cherche même pas à deviner s'il s'agit d'une main d'homme ou de femme. Elle n'imagine rien de particulier. Pas de corps, pas de visage. Uniquement une main qui prend tout son temps.

Le premier choc, c'est quand elle passe la première barrière pour entrer dans sa fente. La douceur un peu grasse, un peu visqueuse, l'humidité terriblement intime et obscène. Parfois, ça l'excite tellement de sentir sa chatte gluante et relâchée, souple comme une éponge gorgée, qu'elle se dit qu'il suffirait de presque rien pour qu'elle explose. Mais elle se refuse de céder aussi rapidement. Ses doigts tournent en cercles concentriques de plus en plus resserrés autour du bouton. Jusque-là, il était à peu près tranquille, rien qu'une vague lourdeur d'irritation. Mais quand il sent que les caresses s'approchent de lui, c'est un peu comme s'il se réveillait. Il enfle, il s'allonge, il se redresse... Enfin, elle ne sait pas très bien ce qu'il fait, sauf qu'il devient extraordinairement sensible. Elle doit résister de toutes ses forces tellement elle a envie de l'effleurer, de le frôler, de le rouler entre ses deux doigts, ses doigts qui passent justement tout autour de lui, toujours plus près.

Liette a l'impression que tout son corps rapetisse au point qu'elle n'est plus rien d'autre que son clitoris. Alors, il suffit d'un rien, d'une simple pression du bout du doigt pour que tout son corps explose de plaisir. Une jouissance si parfaite que personne d'autre n'est parvenu à la lui donner. Parce qu'elle s'est enfin rendue à l'évidence: il n'y a qu'elle qui la connaisse assez, qui la sente assez, pour pouvoir la conduire à la jouissance parfaite.

Après y avoir longuement réfléchi — parce que cela la troublait d'être la seule à pouvoir se donner tant de plaisir —, après aussi s'être beaucoup branlée, caressée, masturbée et tout et tout, elle en est venue à élaborer sa propre théorie sur le sujet. Elle est persuadée, avec l'expérience, que lorsque l'excitation s'empare de son corps, ce n'est plus son cerveau qui commande, mais bien son sexe qui dirige ses mains. Son cerveau n'est plus qu'un simple relais qui se contente de répercuter les ordres, des ordres qui émanent de son sexe.

Mais est-ce bien logique tout cela?

Peut-être pas, c'est mais séduisant en tout cas.

Ludique et lubrique

Isabelle ne le fait pas exprès, mais elle a une vie amoureuse assez compliquée. Avant, elle était trop sage. À dix-huit ans, elle était la seule de sa bande à ne pas avoir couché avec un garçon. En fait, ils l'attiraient moyennement...

Pour faire comme ses copines, Isabelle sort avec Stéphane. Il est mignon et pas mal de filles le veulent, et c'est sans doute ce qui la motive à le fréquenter. Lorsqu'ils se voient, la soirée se termine habituellement par quelques baisers furtifs. Stéphane veut coucher avec elle, mais elle refuse. Pour Isabelle, «c'est pas *cool*» de céder aussi rapidement. Un soir pourtant, elle se laisse tenter...

Ils sont seuls dans la chambre de Stéphane. Isabelle a enfin accepté d'aller un peu plus loin. Elle le caresse avec la main; sa queue bande dans son pantalon et elle le laisse la sortir. C'est la première fois qu'elle se trouve face à un pénis. Stéphane insiste pour qu'elle le suce. Elle ne veut pas, mais ce salaud lui dit que si elle refuse, il dira à tout le monde qu'elle ne sait même pas tailler une pipe. La honte, quoi!

Isabelle fait donc glisser sa bite dans sa bouche en passant la langue dessus; c'est plus goûteux et moins bon qu'un bonbon! En revanche, son copain semble aimer ça. Il respire plus fort. Pour lui faire plaisir, elle accélère le mouvement de sa bouche. C'en est trop pour lui, il éjacule d'un coup, sans prévenir, en lui envoyant tout son jet de foutre sur la langue. Elle se précipite hors de la chambre pour aller se rincer la bouche.

C'est là, dans le salon, qu'Isabelle tombe sur la sœur de Stéphane. Elle en est d'ailleurs tellement surprise qu'elle pousse un petit cri de saisissement à sa vue. Louise pouffe de rire. Et il se produit comme une décharge électrique chez Isabelle, qui ne s'est jamais sentie regardée comme ça. Elle a l'habitude d'être examinée, mais chez Louise, il y a quelque chose de particulier.

Les deux filles discutent quelques instants. Avant de partir, Louise lui fait la bise, comme si elles étaient de vieilles copines. Isabelle a un peu honte parce qu'il lui semble être encore imprégnée de l'odeur de Stéphane.

Le week-end suivant, Isabelle est invitée à manger chez son copain, mais ce qu'elle ne sait pas, c'est que c'est sa sœur qui le lui a proposé… Pendant tout le repas, elle dévore Louise des yeux. Tout lui plaît en elle: son look, son assurance, sa façon de vivre. Elle laisse traîner ses jambes sous la table en espérant qu'elle lui fasse du pied, mais c'est Stéphane qui en profite le premier en lui caressant la cuisse. La jambe de Louise se colle enfin à son mollet, mais son mouvement s'arrête là.

Ayant appris pendant le repas que Louise est vendeuse dans une boutique de fringues, elle se rend la voir au travail le lundi suivant, en fin d'après-midi. La boutique est super chic. Les deux filles discutent ensemble, très complices. L'heure de la fermeture arrive rapidement, et Isabelle se retrouve seule avec sa copine dans la réserve. Avant même qu'elle se rende compte de ce qui se passe, Louise la colle contre elle et ses mains caressent farouchement ses seins en en tordant les bouts à travers t-shirt et soutien-gorge.

C'est avec elle qu'Isabelle fait l'amour pour la première fois. Elle trouve très naturel de baiser avec une fille. Si elle a dû se forcer pour faire une fellation à Stéphane, avec sa sœur, les gestes viennent tout seuls. En fait, c'est surtout Louise qui la caresse et qui prend l'initiative des opérations. Elle est partout à la fois; ses ongles griffent la peau d'Isabelle; sa langue la lèche; ses lèvres la mangent de partout, puis, ses lentes caresses sur son petit bouton enfiévré qui cherche à pointer sa tête hors de son fin capuchon de chair nacrée et qui n'a jamais été aussi dur. Isabelle est toute mouillée, encore plus que lorsqu'elle se caresse toute seule. Aussi n'est-elle pas longue à partir!

Plus tard, Louise lui apprend tous les gestes et les caresses qui la font jouir. Isabelle s'applique en bonne élève. Elle est très attentive, pour une fois! C'est qu'elle trouve vraiment extraordinaire de sentir Louise se tendre et frémir sous ses caresses. Quand elle gémit, au bord de la jouissance, elle a l'air tellement perverse qu'Isabelle en est tout excitée. Elle adore voir sa bouche grimacer, son corps se tordre, et elle est toujours très fière d'elle quand elle entend Louise crier toute la jouissance qu'elle lui donne.

Elle couche ainsi avec elle pendant trois mois, en allant la rejoindre tous les soirs à la boutique. Bien sûr, elle a plaqué son frère parce que Louise le lui a demandé; Isabelle, elle, trouvait la situation plutôt sexy. Mais, obligée de choisir, c'est Louise qu'elle garde. Elle en est très amoureuse, mais Louise devient de plus en plus autoritaire et possessive, et si, au début, Isabelle adorait lui obéir, se soumettre à ses moindres caprices, au bout de quelque temps, elle en a plus que marre.

Un jour, elles se chicanent. Comme Isabelle n'a pas vraiment grand-chose à lui reprocher, elle lui lance la première idée qui lui passe par la tête.

— Je ne vais quand même pas rester vierge toute ma vie!

Louise est furieuse. Elle s'emporte.

— Tu veux une bite? OK, je vais te baiser!

Isabelle la regarde avec des yeux ronds.

— Et comment tu vas faire ça? lui lance-t-elle en se moquant d'elle.

Louise lui adresse un sourire méprisant. Une minute plus tard, elle est de retour avec un gros godemiché dans la main. Des queues, Isabelle en avait surtout vu en photo ou dans des films, et puis elle avait tripoté celle de Stéphane, c'était suffisant pour trouver celle-là plus grosse qu'une vraie!

— Tu n'as pas plus petit? demande-t-elle.

Louise le prend mal et elle recommence à crier.

— Tu ne vas pas faire ton étroite? Tu veux une queue? J'en ai une à ton service. Maintenant, tu arrêtes! Baisse ta culotte et écarte les cuisses pour que je t'enfile...

Isabelle proteste.

— Arrête de me parler comme à une pute, je ne suis pas venue ici pour me faire insulter! Même par toi...

Mais elle baisse quand même sa culotte et s'allonge sur le canapé. Louise, redevenue toute douce comme par hasard, se couche sur elle. Et elles font l'amour comme d'habitude, pour finir en 69, à se lécher mutuellement. Ensuite, Louise, en caressant les cheveux d'Isabelle, lui demande:

— Tu crois que c'est vraiment ça que tu veux?

Isabelle ne sait plus trop, mais elle sait que si elle se défile, elle va passer pour une conne, alors elle dit oui, qu'elle veut se faire dépuceler.

— Déchire-moi, dit-elle avec assurance.

Amusée par sa réaction, Louise récupère le godemiché qui avait glissé sous le canapé. Elle en suce le bout pour le couvrir de salive, puis elle le fait glisser entre les lèvres contractées du sexe d'Isabelle. Quand elle la pénètre, Isabelle pousse un cri, mais Louise se concentre sur ce qu'elle fait. Isabelle a mal. Enfin... au début, car après quelques va-et-vient du membre en elle, elle commence à se détendre et à apprécier. Elle n'entend plus que le bruit des bracelets de Louise qui suivent le rythme de son poignet. Après, elle ferme les yeux et se laisse délirer.

Pendant plusieurs semaines Louise se moque gentiment d'Isabelle parce qu'elle a joui sous le gode en criant «Maman!», ce dont elle ne s'était même pas rendu compte. C'est dire à quel point cela l'a bouleversée. Depuis, Louise la prend régulièrement comme un petit ami, ce qu'Isabelle aime beaucoup.

Elle est plus amoureuse de Louise que jamais — elles sont ensemble depuis maintenant six mois. Isabelle n'a toujours pas été prise par un homme, mais elle n'est plus vierge et l'idée d'essayer avec un homme ne l'excite pas vraiment.

«Suis-je vraiment homosexuelle?» se demande-t-elle. Elle n'en sait rien. Mais elle se dit qu'elle a le temps de voir. Surtout que Louise lui a appris le reste...

Goûts et préférences

Elle s'appelle Chantal et elle est voyeuse. Elle a commencé assez jeune, mais plus elle prend de l'âge, plus elle se rend compte qu'elle aime ca. Et attention! Elle n'est pas de celles qui veulent se contenter des images surfaites et sans imagination de certains films...

Dans son village, les petites filles étaient soigneusement tenues à l'écart des choses du sexe, si bien qu'à dix-sept ans, Chantal n'avait jamais vu d'homme nu. L'été de ses dix-huit ans, on l'a envoyée en vacances à Montréal, chez sa cousine. Et c'est là que tout a commencé...

Francine a le même âge qu'elle, mais elle est beaucoup plus délurée. Pour ces quelques jours de vacances, elle partage sa chambre avec Chantal.

Le premier soir, Chantal s'endort comme une souche, mais dès le deuxième, elle est réveillée par des gémissements qui viennent de sa cousine. Elle l'entend geindre pendant un bon moment, puis plus rien. Le silence. Après quelques soirs de ce manège, Chantal demande à Francine si elle est malade, si elle a mal. Sa cousine allume la lumière et lui répond que tout va bien, qu'elle ne fait que se masturber.

Devant l'air de totale incompréhension de Chantal, elle lui demande si elle a déjà fait ça. Sa cousine lui avoue que non. Francine ouvre alors les draps de son lit pour commencer son éducation...

Chantal couche à ses pieds sur un lit de camp; elle a la tête juste à hauteur du matelas. Elle voit les jambes écartées de sa cousine, sa chemise de nuit relevée et son sexe délicatement bombé et recouvert d'un fin duvet de poils blonds. Sa main caresse sa poitrine; elle tâte à pleine main tantôt un sein, tantôt l'autre, tirant dessus et le pétrissant. De son autre main, elle se caresse les poils du pubis. Chantal voit ses doigts qui écartent si bien les petites lèvres de sa chatte et révèlent son trou rose et palpitant. Tout en haut, elle aperçoit une petite tête pointe à la commissure.

Comme Chantal s'inquiète de savoir ce que c'est, Francine pouffe de rire et lui explique. Puis, elle lui fait une démonstration. Entre deux doigts en pince, elle fait aller et venir son petit clitoris. Elle geint, ses yeux se révulsent de plaisir. Chantal voudrait bien en faire autant, mais il y a tant à voir... Francine prend alors une petite bougie sur sa table de chevet; elle l'enfonce dans son sexe et la fait entrer et sortir de son petit fourreau. Tout autour de la bougie, un filet de liquide translucide commence à perler. Quand la bougie est bien mouillée, Francine la lui fait goûter, c'est âcre et sucré à la fois; elle lui dit que c'est son jus de plaisir. Ensuite, elle rabat les draps sur son corps assouvi et s'endort. Chantal est toute retournée de cette découverte; elle se masturbe à son tour et ne trouve le sommeil qu'au petit matin.

Un rapport différent vient de s'instaurer entre les deux cousines. Francine est devenue son éducatrice, lui apprenant à se masturber pour éprouver un maximum de jouissance. Quand Francine apprend qu'elle n'a jamais vu de sexe de garçon, elle a l'air navré de l'initiée qui fait face à l'ignorance de la profane. C'est alors qu'elle a cette idée géniale qui va marquer définitivement l'attirance de Chantal pour le voyeurisme plutôt que pour l'action.

Le lendemain, les filles sont au restaurant du coin avec les jeunes du quartier. Francine flirte avec Julien, son béguin du moment. À 22 heures, Chantal s'éclipse sous prétexte qu'elle a sommeil. La réalité est tout autre: elle va se mettre à l'affût dans un petit buisson d'un coin retiré du parc qu'éclaire la lumière blafarde d'un lampadaire — c'est l'endroit où Francine amène Julien, cinq minutes plus tard. Elle s'arrête sous un arbre, à quelques pas du buisson, juste en face de la lumière.

L'éclairage est parfait pour Chantal.

Julien entreprend de déboutonner la blouse de Francine, ses seins en jaillissent; il les porte à sa bouche, il les lèche, les avale. Francine roucoule doucement. Puis elle attaque sa braguette, roule le pantalon sur les jambes de Julien. Là, Chantal découvre pour la première fois un sexe d'homme. Au début, elle s'étonne que ce soit si petit, mais quand Francine commence à lui caresser le bas-ventre, la queue de Julien se cabre plusieurs fois avant de raidir, gonflée et fière, droit vers le ciel.

Francine jette un coup d'œil dans la direction de Chantal avant de s'accroupir pour faire face au petit monstre. D'une main, elle décalotte le prépuce, ce petit fourreau de peau à la délicieuse teinte vieux rose; de l'autre, elle se pétrit la chatte. Puis elle dégage ses seins et se met à frotter la longue tige de Julien avec sa poitrine. Chantal voit ce sexe d'homme qui sort entre les petits mamelons, puis rentre dans sa coquille.

Après quelques instants, Francine avale carrément le sexe de Julien et se met à le sucer; elle l'enfonce profondément dans sa bouche, allant jusqu'au bout, reprenant sa respiration et couvrant la tête de coups de langue et de baisers humides. Puis elle se relève précipitamment, tenant encore le sexe dans sa main. De longues giclées blanchâtres s'en échappent pour se perdre dans l'herbe. Sur un dernier baiser, ils se séparent. Julien rentre chez lui.

Après un moment, les deux cousines se retrouvent. Sur le chemin du retour à la maison, Chantal raconte tout ce qu'elle a vu, tandis que Francine lui explique ce qu'elle n'a pas compris. Une fois dans leur chambre, Francine demande à Chantal de passer sa main sous sa jupe, et elle a peine à croire ce qu'elle sent: son slip est une véritable éponge! Avant de s'endormir, Francine embrasse langoureusement Chantal sur la bouche, en la remerciant du pied qu'elle a pris à se sentir observée.

Tout le reste de l'été, jusqu'à la rentrée de septembre, Chantal reste chez Francine à parfaire son «éducation».

Aujourd'hui, Chantal a quarante-deux ans et même si elle ne dédaigne pas se faire prendre de temps à autre, elle cherche surtout à épier des couples en action. Heureusement, son travail répond à ses goûts: elle est concierge. Et on peut dire qu'elle connaît bien ses locataires. Le soir, elle fait le tour des paliers et elle écoute; elle imagine les gestes en rapport avec ce qu'elle entend.

Elle peut dire que les gens du rez-de-chaussée sont plutôt portés sur la sodomie, que la femme de l'appartement 8 se fait sauter par le propriétaire de l'épicerie voisine, alors que les locataires de l'appartement 15 préfèrent le sado-maso *soft*.

Surtout, elle a découvert il y a quelques mois un petit poste d'observation tout à fait sympa. Là, elle guette le retour du jeune homme qui habite l'appartement de l'immeuble d'en face. Ensuite, elle monte à l'appartement inoccupé du dernier étage qui donne sur la façade; elle laisse la lumière éteinte, attire une chaise devant la fenêtre et s'installe.

C'est un jeune couple, ils sont beaux tous les deux. Elle est Asiatique, peut-être vietnamienne. Elle est toute petite, mais avec une énorme poitrine. Lui est grand et bien proportionné. Tous les soirs, sitôt le repas terminé, ils se retirent dans leur chambre qui donne aussi sur la façade. Laissant la lumière allumée et les rideaux ouverts, ils se livrent à des corps à corps tout ce qu'il y a de plus esthétiques.

Il y a en particulier une position que Chantal n'avait jamais vue. Il la prend sous les aisselles et la soulève; elle se cambre très fort. Elle voit sa petite moule affolée qui dépasse de ses délicieuses petites fesses plates. Toujours en l'air, elle écarte alors les jambes et il la repose sur son membre en érection. Ensuite, il agrippe ses lourds seins d'ivoire et elle le chevauche, les pieds crochetés autour de ses reins à lui. C'est un spectacle dont Chantal ne se lasse pas.

Depuis quelques mois, elle a pu constater que la jeune femme est enceinte. Ça lui fait drôle de voir une femme si fine avoir un aussi gros ventre. L'appartement est sans doute devenu trop petit, parce que ce matin, ils sont partis avec tous leurs meubles. Ils emménagent ailleurs, Chantal ne sait où. Elle ne leur a jamais dit un mot ni même adressé un sourire. Pourtant, elle sait qu'ils lui manqueront, ses tendres tourtereaux d'en face...

Heureusement, leurs deux remplaçantes sont très jolies et bien faites.

Chantal les guette déjà derrière la fenêtre. Elle a hâte de découvrir leurs goûts et leurs préférences...

Sommaire